中國春聯

主　编　沈晓峰
副主编　严治俊　高宏宇

上海浦江教育出版社
Shanghai Pujiang Education Press

图书在版编目 (CIP) 数据

中国春联 / 沈晓峰主编 .—上海：上海浦江教育出版社有限公司，2021.7（2021.12 重印）

ISBN 978-7-81121-725-4

Ⅰ. ①中… Ⅱ. ①沈… Ⅲ. ①春联—文学研究—中国 Ⅳ. ① I207.6

中国版本图书馆 CIP 数据核字（2021）第 140530 号

ZHONGGUO CHUNLIAN
中国春联

上海浦江教育出版社出版发行
社址：上海海港大道 1550 号上海海事大学校内 邮政编码：201306
电话：(021) 38284910 (12) (发行) 38284923 (总编室) 38284910 (传真)
E-mail: cbs@shmtu.edu.cn URL: http://www.pujiangpress.com
上海商务联西印刷有限公司印装
幅面尺寸：210 mm × 285 mm 印张：7.75 字数：195 千字
2021 年 7 月第 1 版 2021 年 12 月第 2 次印刷
责任编辑：蔡则齐 封面设计：赵 羽 封面题字：严治俊
定价：78.00 元

序

2019年5月，上海教工书画协会编辑出版了《三笔字与中国画——实用技法》，今年又推出这本《中国春联》，协会在上海市教育工会的领导下，贯彻落实《关于全面深化新时代教师队伍建设改革的意见》精神，将强化教学基本功和教学技能训练成果向服务社会延伸，在弘扬中华优秀传统文化过程中不断提升教书育人水平。

2013年起，协会每年在全市教工中开展“三笔一画”艺术创作比赛活动，许多教工书法爱好者脱颖而出。紧接着，协会在市教育工会、市慈善基金会、团市委、市妇联以及区教育工会和书画分会的支持下，每年春节前，组织市教育系统的教工书法爱好者，深入街镇、企业、部队开展“写春联送祝福”活动，并参加了“温暖送三岛”行动，将新春祝福送到千家万户。在抗击新冠肺炎疫情期间，协会还通过“工家云”为2 000多位教工送去了春联。广大教工书法爱好者在送春联的社会公益活动中，既升华了师德修养，又提升了创作水平。

在总结这些活动的基础上，协会常务副理事长沈晓峰、副理事长严治俊和高宏宇老师花了一年多时间编写了这本《中国春联》。该书融通俗性、专业性和实用性于一体，讲述春联的故事，介绍春联的知识和创作技巧，展示春联的功能，书中散发着浓浓的中国年味、爱心暖意和春联魅力，既有利于协会工作进一步开展，也会受到春联创作者、书写者和爱好者的欢迎。

胡晟

目录

第三章　春联语言

第四章　春联书法

第五章　春联功能

绪

春联，就是春节贴上门的对联。

贴春联是我国民间的传统习俗。据说，早在三千多年前的周代，民间就有岁尾年初门脸儿上挂“桃符”的习惯。“桃符”是有“门神”形象或字符的桃木板，挂着它，古人认为能驱祸辟邪、求祥祈瑞。后来，红纸代替了桃木板、对联进入了桃符、门神和桃符分离了，桃符的意义和名儿也就悄悄变了。再后来，就叫“春联”了。

小小的春联真不简单！春联堪称中华文化艺术的“国粹”，它是我们中华民族文化的瑰宝。

贴春联的习俗传到现在，是因为有春节的缘故。春节是我国民间重要的传统节日之一，是中华民族喜庆的日子。人们贴“福”字、贴窗花、贴年画；挂灯笼、挂鞭炮、挂“中国结”；包饺子、吃年夜饭、守岁、拜年……都是用来庆祝春节的。春联也一样，也是用来庆祝的。在除夕，家家户户一贴上春联，浓浓的“年味儿”就出来了。透着喜庆的大红春联，它是春节的节日符号。

除了渲染喜庆之外，和图案、物形符号相比较，春联的文化内涵更为丰富。春联的主要表达手段是语言文字，语言文字是思想的工具，它所能表达的思想文化内容几乎是无限的，这是图案、物形之类简单的文化符号所不能比拟的。所以，春联不仅是春节的喜庆符号，它还是文化的载体。千百年来，春联反映着时代的发展和变迁，是中华民族文化发展演变的缩影和时代精神的“晴雨表”。可以说，中华文化宝库中有一种文化是“春联文化”。

春联的形式是独特的，是语言艺术和书法艺术相结合的形式。春联的语言，是对联的语言，是汉语书面语的对偶句。所谓对偶句，是意义上有联系的且在意义、结构、词性、词义等方面为两两相对性质的一对句子；由于对偶句词语有平仄语调的要求，像诗歌语言一样，读起来和谐悦耳。春联语言的这些特点，形成了它指称面广、概括度高、简洁凝练、鲜明隽永、抑扬顿挫、朗朗上口的特点。

春联语言的文字，习惯上是用毛笔书写汉字的篆书、隶书、行书、楷书、草书和甲骨文字等中华书法字体。虽然如今也有印刷体的春联，但手书春联仍受到人们喜爱。中华书法是一门艺术，有着悠久的传统，已被列入世界非物质文化遗产。通过手书春联的书法实践，有利于加深对中华书法的感悟和认识，普及书法和提高书法艺术水平，也有利于书法艺术活动的开展，推进中华书法艺术的传承、发扬和创新。在这个意义上，春联是中华书法发展和创新的一个平台！

春联在人们的社会生活中发挥了积极的作用。人们把春联用于教育和社会活动，使其具有了人文教育和社会活动的功能，随着视野的扩大、研究的深入和认识的提高，春联这一传统的民俗文化资源将会更多地为人们所利用，承担越来越多的社会功能，更好地服务于人民。

图1　贺竹元国画《福》

第一章　春联习俗

春联是一种民俗文化形态。贴春联的习俗是从原始的"挂桃符"这一民俗形态演化过来的。从"挂桃符"到贴春联，这种习俗延续了数千年。马克思主义认为，人们的社会存在决定人们的意识。无论春联的形式还是春联内容的产生和演变，它与人们的社会生产和生活有着密切的联系，具体点说，它与春节的习俗有着密切的联系，受到春节习俗的影响和制约，在心理上是春节属性的延伸。作为中华民族传统的文化形态，春联根植于中华文化沃土，也具有一定的国际影响。

第一节　春联的起源和演变

一、春联的起源

春联早期也叫“春帖”“门对”。关于春联这一形式的起源，一般有两说，一说起源于“桃符”，一说来源于“春帖”，但以“桃符”说法居多。

什么是桃符呢？《后汉书·礼仪志》有“正月一日，造桃符着户，名仙木，百鬼所畏”的记载，说的正是挂桃符的事儿。桃符是用桃树的木材做成两块长条形的小木板，分别刻画上两位叫神荼和郁垒的神的形象或名字，过年时挂在门上，被人叫作“仙木”的、用来驱鬼辟邪的佑符。

关于桃树，古代民间认为是吉祥之物，一能延年益寿，二能驱鬼辟邪。古代民间流传的一些和桃木有关的习俗，都和这种认识有关。比如：用桃木做成人偶，藏在房门的上面，用来镇邪；把桃树枝插在门上，能让小孩儿免受鬼怪的惊吓；用桃木做成弓箭，挂在家里面有震慑鬼邪的作用；用桃树叶子泡澡，可以驱除邪气；等等。除了驱鬼辟邪外，桃木还象征吉祥，比如人们祝寿时摆上寿桃，《西游记》里有王母娘娘的“蟠桃园”。

人们的这些认识和行为，和古代两个神话故事有关，一个是夸父逐日、一个是后羿射日。夸父追赶太阳，据说是为了获取火种。在追赶的途中，夸父口渴而死，死前，他把桃木手杖抛向大地，大地出现了一片桃林，人们因此认为，这是夸父留给人们的吉祥之物。后羿是一位射日英雄。因为天上的10个太阳给人们带来了炙烤的灾害，他就用弓箭射下了九个太阳，使大地恢复了清凉。后来他被别人用桃木杖害死了，死后变为神灵，他反其道而用之，常在桃树下，手牵猛虎，惩治恶鬼，这就使人们相信，桃木有驱鬼辟邪的功效。

还有一个来源就是关于神荼、郁垒的神话故事，这个故事据传来自于中国古代神话传本《山海经》。大意是说，在人的世界以外有个鬼蜮，是鬼怪的栖身处。夜晚，鬼怪可以到鬼蜮以外的地方活动，天一亮要回到鬼蜮。鬼蜮的大门，由神荼、郁垒把守。如果鬼怪在夜里做了伤天害理的事，就会被神荼、郁垒识破，随即就被捆起来喂老虎，所以鬼怪都怕神荼、郁垒。因为神荼、郁垒也是长居于桃树之下的，所以人们认为桃木有驱鬼功效。

“春帖”的出现比桃符要晚得多，挂桃符的习俗据说周代就有了，而“春帖”是在南北朝时代才出现的，前后相差一千多年。南朝梁宗懔《荆楚岁时记》载，立春这一天，民间流行贴春帖，就是把写着“宜春”二字的纸贴在门楣上，用来求祥纳福，人们把这个贴纸叫“宜春帖”或者“春帖”。唐朝孙思邈的《千金玉令》也有关于“春帖”的记载。有研究者认为，“春帖”二字的书写形式、粘贴方式和春联的横披相似，是春联横披的前身。

其实，桃符也好，“春帖”也好，可能都影响到春联的形成。春联集中了桃符和“春帖”的基本特点，比如都是在春节使用的，都反映着某种社会心理状态，都粘挂于门楣之处等。而且形式上桃符和“春帖”是互补相成的，桃符是竖向的，分挂左右两边，“春帖”是横向的，挂在门楣之处，和春联的套式很相似。到了五代十国时期，桃符上的文字替换为和春节节日有关的内容，春联节庆符号功能形成就顺理成章了。

二、春联的演变

从桃符到春联，不仅仅是纸张代替了木板，主要是语言的介入。由于使用了语言，原先以驱恶辟邪为特征的表意功能有限的桃符，变为以语言符号工具、表意功能强大的春联了。

（一）第一副春联

这一变化，按一般的说法，是从五代十国时期后蜀末代皇帝孟昶开始的。公元965年的春节，孟昶让后蜀宫廷学士幸寅逊在桃符上写一副对联，写完以后，孟昶可能觉得不尽意，便亲自动手，写下了“新年纳余庆，嘉节号长春”的对联（如图1），中国历史上第一副春联因此而诞生了。

清代文学家梁章钜《楹联丛话·故事》记载了此事：“尝闻纪文达师言：楹帖始于桃符，蜀孟昶‘余庆’‘长春’一联最古。但宋以来，春帖子多用绝句，其必以对语，朱笺书之者，则不知始于何时也。按《蜀梼杌》云：蜀未归宋之前，一年岁除日，昶令学士幸寅逊题桃符版于寝门，以其词非工，自命笔云：‘新年纳余庆，嘉节号长春。’后蜀平，朝廷以吕余庆知成都，而长春乃太祖诞节名也。此在当时为语讖，实后来楹帖之权舆。但未知其前尚有考否耳。”

从梁章钜这段叙述里可以看到，到宋代时，“春帖子”（即春联）已经是用对联的形式了，而且是“朱笺书之”了，朱笺就是红纸。因此可以断定，春联在宋代已经和现在的形式基本一样了。至于这种形式的源头，梁章钜则说得较为谨慎，他认为孟昶的桃符联应该是“后来楹帖”的源头，不过他补充说，不知道在孟昶之前是否还能找到别的依据。

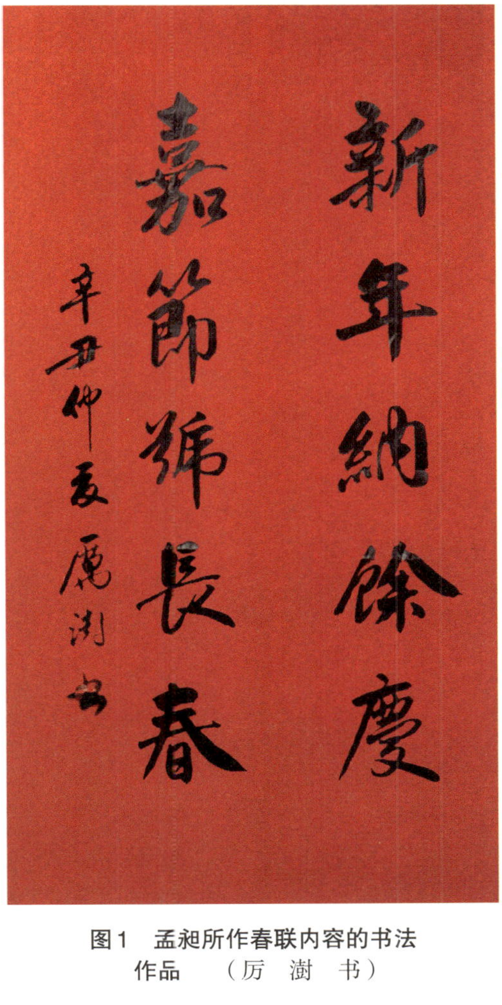

图1　孟昶所作春联内容的书法作品　（厉　澍　书）

据有关资料，现在世界纪录协会收录的最早的春联，并不是孟昶的这副，而是敦煌莫高窟藏经洞出土的敦煌遗书上的。该遗书记录了十二副在岁日、立春日所写的春联。第一副是唐人刘丘子作于开元十一年即公元723年的那副“三阳始布，四序初开”的春联（如图2），比孟昶的要早240年。梁章钜去世时，敦煌遗书还没有被发现，因此他是无法知道敦煌遗书上的春联的，否则至少也应该提出来辨一辨。

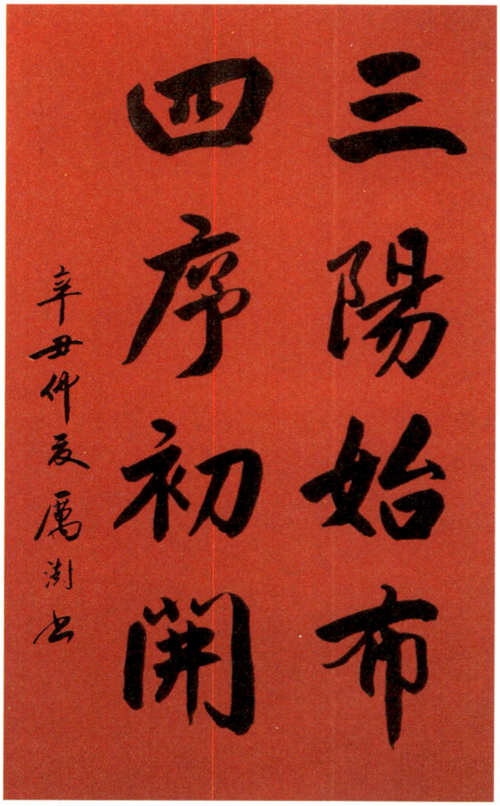

图2　刘丘子所作春联内容的书法作品　（厉　澍　书）

（二）桃符和门神分离

桃符写上联语，就导致其逐渐和“门神”分离，各自履行起独立的功能了。这个转变从唐代开始，经过五代，到宋代告成。在唐代，先是桃符的形象有了改变，除了以往的神荼、郁垒外，秦叔宝和尉迟恭两位唐代武将进入了门神之列，据说这起因于唐太宗。唐太宗病时，听见门外鬼魅呼号，使他彻夜不宁。他就让秦叔宝、尉迟恭手持武器立于门旁镇守，因此再也没有鬼魅骚扰了。后来，唐太宗让人把这两位将军的形象画下来贴在门上，来驱除鬼魅。这一做法慢慢地传到了民间，他俩也就成了新的“门神”。

后来，经过五代时期，到了宋代，在桃符上写春联就相当普遍了。王安石的《元日》一诗中写的“爆竹声中一岁除，春风送暖入屠苏。千门万户曈曈日，总把新桃换旧符”就反映了每到除夕之日，家家户户挂桃符的盛况。这其中的桃符，其实已经是有文字的春联了。这样，就出现了门神和春联分离共用的情况，以往的桃符所肩负的驱邪避灾的使命逐渐转移给门神，而桃符的内容则演化成用来表达人们祈求来年福运降临和五谷丰登的美好心愿的春联形式了。

（三）春联的普及流行

桃符改叫“春联”并流行开，是在明朝初年，这是春联普及和走向成熟稳定的时期，这和明太祖朱元璋的大力推崇有关。据传，有一年除夕，朱元璋发令，所有官员和老百姓，家家户户要贴春联。他还微服私访，饶有兴致地去观赏。偶然瞥见有户人家没贴春联，就询问原因。原来这是一户专做小猪节育手术的人家，过年特忙，还没请人写。朱元璋就亲自书写了“双手劈开生死路，一刀割断是非根”的春联，送给他后就离开了。等他再次经过时，看到门上并没有贴上，就问原因。户主回话说，知道春联是皇帝写的，不免受宠若惊，已把春联高高挂在厅堂里，作为圣物每天烧香供奉。朱元璋听了非常高兴，还赏给户主30两白银。

统治阶级的推崇使“春联”的叫法深入人心，贴春联的习俗也得到了广泛的传播，并对后世春联的繁荣产生了深远的影响！

第二节　春联的民俗基础

春联是一种民俗文化形式，有其产生的民俗根源，这个民俗根源就是春节这一民间习俗。因此，要认识春联，就要认识春节。

节日，就是有特殊意义的日子。春节的特殊意义是在人们的生产和生活实践中形成的。我们中华民族是世界上最早进入农耕生活的民族之一，农业生产和农耕生活需要对自然气候的变化规律有精准的认识。与人类科学早期发展的特点相似，天文和历法也是中华民族最先发展的科学领域之一。因此，春节是人们在认识天文和历法的过程中逐渐形成的。

一、春节的来历

关于春节的来历，我国民间有个古老的传说。说是太古时候，有个叫“万年”的青年，他以打柴为生。因为当时没有历法，不能准确计算时间，万年觉得很不方便。有一天，砍柴累了，他坐在树阴下休息，树影的移动促发了他的灵感，使他后来做成了用日影来计时的日晷装置；再后来，他又在岩石滴水的启发下，发明了用水滴来算时间的漏壶；再再后来，他还发现了四季轮回的周期，计算出一年有365天。

万年的事被国君知道后，国君就让万年主持建造观天计时的日月阁、日晷台和漏壶亭。工程完工后，在旁边的石壁上，万年让石匠刻上了四句话——“日出日落三百六，周而复始从头来。草木枯荣分四时，一岁月有十二圆”，用来描述时间与气候变化关系的规律。同时还请国君给年与年交替的时间节点定个名称，国君说，春为岁首，就叫春节吧。这以后，万年继续研究历法，到“太阳历”制成，已是皓首银须。国君深为感动，为纪念他的功绩，便将太阳历命名为“万年历”，封万年为日月寿星。后世人们过年时挂寿星图，据说就是为了纪念万年。

当然，传说是不足为据的，历法的产生和春节的来历也恐非一人一事促成。但传说却形象地表达了对我们祖先在天文历法领域的艰辛探索和伟大贡献的崇敬、赞美和褒奖。的确，在天文历法领域，作为人类认知世界的先行者之一，我们的祖先功绩卓著、当之无愧。这些成就，推进了人类对自然气候的许多规律性的认识。在先秦趋于完备、至汉代已完全成熟的“二十四节气”之说，就是我国古代历法和气候关系研究的重要成果之一，是我们的祖先对于人类认知宇宙自然作出的一项巨大贡献，它在2016年被列入联合国教科文组织人类非物质文化遗产代表作名录，还被世界气象界誉为“中国第五大发明”。

二十四节气，是关于气候的知识系统，反映了气候与地球公转关系的规律。我们知道，地球绕太阳运行叫地球的公转，公转一周是一年。地球公转的轨道是椭圆形的，在公转轨道上处于不同的位置，地球受到太阳的光照是不一样的，这就形成了地球一年四季的温差，导致了地球四季变化的气候[①]。为了准确描述地球在公转轨道上的位置与因太阳影响而产生的相应的气候状态，古人把地球公转一周的365.25日，平分为从立春开始到大寒结束的24个气候类型，称其为“二十四节气”。

我国现行的公历、农历两套历法并行是20世纪初才开始的，以前只有农历，农历是我国数千年来唯一采用的历法。从农历这个名称就可以看出，它和农业生产有关。农历历法的根据是地球、月亮和太阳之间的运动关系，但年和月的起讫点却以农业生产为依据。我国历史上出现过几种历法，虽然对哪个月为一年的起始月在先秦还有不一致的看法，但随着国家的统一，到汉代以后，以夏历为参照系的农历就成为我国稳定的历法而为后代沿用，个中原因就是以气候变化规律为依据的历法更契合我国农耕社会的实际情况。

因此，我国的农历和节气的排序大体是同步的，农历的第一个月即俗称正月，也正是“立春”的时候。这不是偶然的，是“春耕、夏耘、秋收、冬藏”的农业生产过程的周期使然，是历法服从农业而农业服从自然的结果。这个时间节点是年与年的更迭，是特殊的时间节点，是一个周期结束而另一个周期起始的意义，人们因此而重视它。上古时期，人们用的是祭祀的方式，据说这种方式可以追溯到华夏民族的祖先尧舜时代。祭祀活动的周期性上演，形成了一种民俗传统，有人称它为“岁时节日”，后来被称作为“春节”。

二、春节的习俗

说春节，我们还得说一说春节的习俗，因为这些习俗的最初形成，无不与人们的“岁时”心理有关，而这也是春联内容形成和演变的心理根源。那么春节都有哪些习俗呢？

有一首关于春节习俗的童谣这样唱道：“小孩儿小孩儿你别馋，过了腊八就是年；腊八粥，喝几天，哩哩啦啦二十三；二十三，糖瓜粘；二十四，扫房子；二十五，冻豆腐；二十六去买肉；二十七，宰公鸡；二十八，把面发；二十九，蒸馒头；三十晚上熬一宿；初一、初二满街走。”韵语间，叙述了汉民族春节主要的民俗活动。

中华民族是一个历史悠久，人口众多，地域辽阔的多民族国家，这个多民族国家的形成若以公元前221年秦灭六国、实现国家统一为标志，至今已有两千多年了。国家的统一，促进和巩固了各民族文化的融合，使多民族文化趋于内在的一致，形成了占主导地位的中华文化基础。因此，春节不仅是汉民族的盛大节日，也是各民族共同的节日。这就使得春节的习俗既有共同性，也有民族特殊性。各民族在主导文化的基础上，根据各民族和各地域的特点，形成了多种多样的习俗，即使以人口最多的汉民族为例，东西南北中的习俗虽有大同，也有小异。

从大同说，作为中华民族最为盛大、时间持续最长的民俗节日——春节，它基本从腊月初八的腊八节开始，到正月十五的元宵节结束，前后持续一个多月的时间。其中流传地域最广、影响人口最多的习

① 这里的四季气候，是就我国的地理位置而言的。我国是温带，有四个气候季节，和地球其他气候带的气候类型并不完全一致。

俗大体就是上述童谣里所罗列的那些形式。这些习俗最初的形成，都是有其社会心理根源的。比如腊八节就来源于古代驱鬼避疫的仪式，腊月二十三的“关东糖”，腊月二十五的“吃豆腐”，腊月二十七的“宰公鸡”，腊月二十九的“蒸馒头”，乃至除夕的“守岁”，无不与人们信奉神灵的心理有关。

随着时代的发展，人们观念的更新，春节习俗的内涵也在不断变化。在今天，尽管很多习俗仍为人们所承袭，但大多已不再具有其产生时的意义，而变为人们借以表达对美好生活的向往和祝福的形式和手段。一首叫作《新年到》的歌谣这样唱道：“新年到，新年到，穿新衣、戴新帽，小朋友哈哈笑；新年到，新年到，贴对联、放鞭炮，噼里啪啦吓一跳；新年到，新年到，包饺子、蒸年糕，全家团圆乐滔滔；新年到，新年到，我给奶奶拜个年，奶奶给我红包包；新年到，新年到，见面都说过年好；新年到，新年到，舞狮子、踩高跷，庙会上面好热闹；新年到，新年到，新年要有新气象，工作学习步步高，步步高！”

春联是春节民俗的心理写照，它是在春节习俗的基础上产生的，是依附于春节的，因此春节是春联产生的民俗基础。

图3 贺竹元国画《日日是好日》

第三节　春联的心理基础

春联的基本属性是它的社会心理性。不论早期的“挂桃符”，还是后来的“贴春联”，它都是人们“岁时”的共同心理状态的表达。这种心理性的产生和春节有关。因为春节的产生和存在，是“岁时”的特殊社会心理状态使然，它使春节成为一个心理性的节日。

春节的心理性的表现在“祭祀”这种形式上，它是人们在年岁更迭时刻所采取的心理寄托和外化手段，它是春联产生和存在的社会心理基础。因为春联所表达的也是这一时刻人们特殊的心理状态，是春节的祈佑、祝福心理的派生形式，和春节的“祭祀”活动的心理属性同性，是它的属性延伸。

一、祭祀的普遍性

祭祀是人们幻想与非现实的沟通方式。人们设立祭坛、摆放贡品、燃点香烛，三叩九拜，旨在实现与神灵、祖先的信息沟通，表达、传递人们的感恩和祈愿。自古以来，祭祀到处存在，应用非常普遍，从统治阶级到黎民百姓，从汉民族到少数民族，大同小异的祭祀可以说无时不在，无处不在。

我国幅员辽阔、历史悠久、民族众多、文化多元，祭祀活动也多种多样。总而言之，从祭祀的对象说，有神灵和祖先。神灵有大有小，管天地的，是天神地神；管山水的，叫山神水神；还有火神、灶神、社神、财神，等等，不一而足。祖先呢，既有中华始祖黄帝，也有儒家圣贤孔子，还有民族的、家族的、家庭的，等等。从事因说，皇帝登基、出征讨伐等社稷大事，婚丧嫁娶、柴米油盐等老百姓的日常生活都可举办祭祀。从时间节点说，除了春节外，端午节、清明节、重阳节等节日也都有祭祀活动。

二、古代春节的祭祀

春节的原型也是祭祀，是和岁末年初这个时段有关的祭祀，它是春节的古老形态。

有资料显示，岁首的祭祀自上古就有。《尚书·舜典》记载，正月初一舜帝到太庙祭祀尧帝，和四方君长共议国政，并打开明堂四门，向百姓颁布政令。先秦时期的“腊祭”是早期岁末的一种祭祀。腊祭就是在腊月围猎，用捕获的禽兽作“牺牲”来祭祖宗，祭门神、户神、灶神等家神。周代以降，腊祭传统延续数千年。鲁迅小说《祝福》里说的“祝福”，实际上就是腊祭，用丰盛的食物贡品、隆重的场面、肃穆的气氛和虔诚的祈祷，来祭祀祖先和诸神，是一年的大祭祀。不仅农村有腊祭习俗，城市里也有逢年三十，阖家团圆、老少咸集，焚香燃烛，摆供酒肴，“请老祖宗”的习俗。据说这是列祖列宗每年年终汇集的时刻，这种仪式活动是腊祭方式的传承。

除“腊祭”说外，关于春节起源的还有“巫术”说、“鬼节”说以及谷物崇拜之类的说法。说法不同，可能是看问题的角度不同。同为祭祀，有轻重之分。“祭天”就是比较重要的仪式，这种仪式从夏代开始就有了，是一种国家祭祀仪式，往往是天子躬亲、率官员祭拜“天帝”。祭祀的时间是在冬至之日，古人认为冬至往后，阳生阴降，是春启动的前奏。祭天仪式中的重要事项是孟春祈谷。谷物关系国计民生，历代统治阶级和民间对“年景”都非常重视，少不了在年头年尾来祭天，以感谢天恩，雨润万物，希望来年风调雨顺，五谷丰登。保存完好的北京天坛祈年殿就是明清两朝天子祭天祈谷的场所。

三、春节祭祀的民俗化

围绕在岁月更迭前后的各种祭祀活动，使春节成为所有节日中跨越时间最长的节日，前后要延续一个多月的时间。由于时间长、内容多，民间俗称“过大年”。在古代民间，腊月就是“祭祀之月”，所谓祭祀祖先神灵、祈求丰收吉祥的腊月初八的腊八节，拉开春节民间祭祀活动的序幕，然后从腊月二十三的民间祭灶、到腊月二十五的接玉皇以及一系列的接神送神仪式，一直到正月十五闹元宵，有的地方要到二月二龙抬头，春节才算结束。

所有这些活动，都是围绕着一个特殊的时间节点进行的，也就是说，由于这个特殊的时刻，才有了各种活动，而这些活动中最为重要的就是祭祀活动。祭祀活动在本质上是感恩、祈福以及祈佑，它反映了辞旧迎新时刻人们的心理特征，在这个意义上，我们可以说，春节是在特定时间节点上所形成的一个心理性的节日，春联是这种心理属性的反映形式之一（如图4）。

图4　侯林国画《柿子》

第四节　春联的国际影响

中国春联传到别的国家，主要是通过两种方式实现的：一种是由于地理位置接近，我国与周边国家很早就有民间交往，这就不可避免地把民俗文化带到他国，久而久之，中国春联也就“落户”别国，变成别国的民俗文化；另一种就是随着海外华人定居别国，将中国春联带到了别国。

一、春联在周边国家

第一种方式在越南最为突出。越南与我国是邻国，深受中国文化的影响。越南是世界上少数几个使用农历历法的国家之一，因此越南也像中国一样有农历春节这个节日。这种民俗在越南落户，是历史形成的。中越国界接壤，来往方便，在我国的战国时代，中越两国交往密切。贾谊《过秦论》有“及至始皇……南取百越之地，以为桂林、象郡”的描写，其中的“象郡”即为越南的中北部地区。从西汉起，越南就使用汉字。至今，过春节时，越南仍保持着贴春联的习俗。即使在现代已改用拼音文字的情况下，越南在书写春联时，仍然使用红纸和笔墨书写，且保持着春联的对联形式。

除了越南外，韩国、日本、朝鲜这几个汉字文化圈国家，也深受中国文化的影响。

韩国和朝鲜都有春节，时间和习俗也都和我国的春节相似，而且也贴春联。比如平壤市大同江练光亭有一副对联是“长江一面溶溶水，大野东头点点山”，描写了中朝两国人民山水相依的情谊。在韩国，春联叫立春书或立春榜，韩朝的春联都以汉字字体为主，都是墨写书法字，只是用的不是红纸，而是白纸，且没有中国春联中的横批一式。

日本的春节，在1872年前是按旧历，1872年以后是按新历计算时间节点的。虽然没有广泛的贴春联的习俗，但用稻草、稻穗和松枝等做的门符和我国挂桃符旧习俗相似，这种门符在日本叫“岁德神”，据说挂上之后，神仙路过会送上美好的祝福。新加坡、泰国、马来西亚和蒙古的春联与中国相似，都是红纸黑色书法汉字的祝福语。

二、海外华人的春联情结

随着我国对外交流的发展，如今，海外华人遍及全世界，虽然身处异国文化环境，但仍保持着过春节、贴春联的习俗，有的对联还成了长久保存的镌刻楹联。比如在英国伦敦华埠“爵禄街”上，两端的中式牌楼分别有“伦肆遥临英帝苑，敦谊克绍汉天威”“华堂肯构陶公业，埠物民康敏寺钟”两副对联，以各联首字组成的“伦敦华埠”的横联披语，见诸其上；南洋华侨聚集地的祭祀台也有石刻对联，比如有一副对联写道“列祖列宗千里外，后羿后代故乡情”，表达了华侨们到此聚集时的思乡之情。每到春节，海外华人、同乡会和华人团体都会举办写春联、送春联和春联展示等各种活动，来庆祝中华民族的传统节日。在华人居住地或者唐人街等，到处可见用中文书法书写的大红春联。一些国家政府和华人组织也会为中国春节活动提供方便和支持。

三、春联对非华裔的影响

作为一种文化符号，中国节和中国春联也吸引着其他国家和民族中喜欢中国文化的人们的注意。改革开放四十年中，我国国际交往活动已常态化，有的外国人也和国人一起过中国年、写中国春联，有的还用英文等外语来书写。比如有一副流传很广的英文春联是这样的：上联 Eat Well Sleep Well Have Fun Day by Day，中文意思是吃得不错、睡得不错、天天都快乐；下联 Study Hard Work Hard Make Money More and More，中文意思是努力学习、努力工作、钱越挣越多；横披 Gelivable，中文意思是给力。还用“LUCK”（好运）来模仿中国的“福”字，实为中外文化的交融并蓄。

中国春联在海外传播，把中华文化带向全世界。

图5　徐明德国画《金牛送福》

第五节　春联春节诗作选赏

作为传统民俗节日的春节和代表春节喜庆符号的春联，难免诉诸文人笔端，见诸于文章和诗词等文学形式中。这里遴选唐、宋、明、清及现代人写的一些诗歌，加之笔者的鉴赏文字，供参阅。

一、唐代

（一）守岁

唐・李世民

暮景斜芳殿①，
年华丽②绮宫。
寒辞去冬雪，
暖带入春风。
阶馥③舒梅素，
盘花④卷烛红。
共欢新故岁，
迎送一宵中。

1. 词义注释

①芳殿：华丽的宫殿，下绮宫同。
②丽：使动用法，使……美丽。
③馥（fù）：香气。
④盘花：贡品统称。

2. 俗语译述

斜阳夕照华丽的宫殿，经岁流年的皇宫如今更壮丽；
严寒的退去使冬雪消融了，温暖的季节带来了春天气息；
阶梯上暗香习习因为梅花正在开放，一排排的贡品反射着红红的烛光；
宾客们一起，把酒言欢，辞旧迎新，迎宾送客、你来我往、通宵不绝。

3. 作者介绍

李世民（公元598—649年，公元627—649年在位）即唐太宗，唐朝二代皇帝。李世民以隋由盛及衰为鉴，治国有方，一定程度上缓和了阶级矛盾和民族矛盾，取得史称“贞观之治”的盛世景观。他文学造诣亦很深，创作了很多脍炙人口的诗篇。

4.《守岁》赏析

诗凡八句，为五言律诗。全诗描写了作者生活中辞旧迎新的场景，目光由远及近，展现了皇宫春节的庆祝情景。

前四句从大处着眼，分写地点和时节特点，其中一、二句着眼于宫殿，三、四句着眼于时令。宫殿的描写在于“芳、绮”，时令的描写在于“寒去，暖入”，这就形成了后四句所描写的“贺春”一事的时间（春节）和地点（皇宫）背景，这是大处、远处。后四句，着眼于近处、眼前之景：由触觉感觉到的梅花香气和由视觉看到的被烛光照得红彤彤的贡品，最后把目光聚焦在宾客们的欢庆和迎送宾客的情景上，画出了一幅宫廷贺岁图。

（二）田家元日①

唐・孟浩然

昨夜斗回北②，
今朝岁起东③；
我年已强仕④，
无禄尚⑤忧农。
桑野就耕父⑥，
荷⑦锄随牧童；
田家占⑧气候，
共说此年丰。

1. 词义注释

①元日：农历正月初一。

②斗：指北斗星。回北：指北斗星的斗柄从指向北方转而指向东方。古人认为北斗星斗柄指东，天下皆春；指南，天下皆夏；指西，天下皆秋；指北，天下皆冬。

③起：开始。东：北斗星斗柄朝东。

④强仕：强仕之年，即四十岁。

⑤无禄：没有俸禄即没有官职。禄：官吏的薪俸。尚：还。

⑥桑野：种满桑树的田野。就：靠近。耕父：农人。

⑦荷：扛，担。

⑧占（zhān）：推测。占气候：根据自然气候推测一年收成的好坏。

2. 俗语译述

昨天夜里北斗星的斗柄转回北方，早晨斗柄朝向东方了（新年来了）；

我已经四十岁了，虽然没有官职，但仍操心着农事（所以大年初一仍然下田）；

在种桑的田野和农夫一起劳作，然后又扛着锄头和牧童一起回家；

回家后还和农家人聊天，有经验的农夫推测今天气候好，一定是丰收年。

3. 作者介绍

孟浩然（公元689—740年），唐代著名的山水田园派诗人。

孟诗绝大部分为五言短篇，多写山水田园和隐居的逸兴以及羁旅行役的心情。其中虽不无愤世嫉俗之词，但更多属于诗人的自我表现。

4.《田家元日》赏析

诗为五言律诗，凡八句。叙述作者于大年初一与农夫一起劳作的事。

首联、颔联，交代事由，即什么时候，为什么会去参与农事。“昨夜斗回北，今朝岁起东”二句，是大年初一这个时间的交代，相当于在什么时候的意思。“我年已强仕，无禄尚忧农”，是交代自己这时下农田干活的原由。因为在四十岁的时候，自己没有在官，因此日常经常操心农事，这就把大年初一干农事的缘由交代清楚了。

颈联、尾联叙述本事，即劳作过程。“桑野就耕父”是说田野里的耕作，“荷锄随牧童”是说干完活和牵着牛的牧童一起回家。“田家占气候，共说此年丰”是描写回家后的事。一天劳作后，作者和农家一边晚餐、一边聊天，聊天的内容围绕着“收成”话题，有经验的“田家”人推测，今年气候好，一定是一个丰收年。

这首诗语言质朴，叙事简洁，借叙述农事过程反映了作者恬然自若的心境。

二、宋代

（一）除夜雪

宋·陆游

北风吹雪四更初，
嘉①瑞②天教③及岁除④。
半盏屠苏犹未举，
灯前小草写桃符。

1. 词义解释

①嘉：好。

②瑞：吉祥。

③天教：上天的旨意。

④岁除：即除夕日。

2. 俗语译述

四更天初至时，北风带来一场瑞雪；

这是新年到来的时候上天赐给我们的好兆头；

喝了一半屠苏酒暂且放着；

因为正忙着在灯下用草体字书写春联呢。

3. 作者介绍

陆游（公元1125—1210年），南宋诗人。少年时受爱国思想熏陶，中年入蜀，投身军旅生活，晚年退居家乡，但收复中原信念始终不渝。创作诗歌很多，今存九千多首，内容极为丰富。抒发政治抱负，反映人民疾苦，风格雄浑豪放；抒写日常生活，也多清新之作。

4.《除夜雪》赏析

诗为七言绝句。描述除夕夜诗人写春联的情景。一句从瑞雪兆丰年写起，二句“嘉瑞天教及岁除”写出了由“瑞雪”带来的诗人对好年景的预测。三、四句转入写春联的场景，“半盏屠苏犹未举”是说剩余半碗酒先不喝了，因为急着写春联。

诗歌通过描述瑞雪兆丰年的除夕夜写春联事，可见作者除夕夜的好心情，也有对于来年好年景的寄望。

（二）元日[①]

宋・王安石

爆竹[②]声中一岁除，

春风送暖入屠苏[③]。

千门万户曈曈[④]日，

总把新桃换旧符[⑤]。

1. 词义解释

①元日：农历正月初一，即春节。

②爆竹：古人烧竹子时使竹子爆裂发出的响声，用来驱鬼避邪，后来演变成放鞭炮。

③屠苏：指屠苏酒，饮屠苏酒也是古代过年时的一种习俗，大年初一全家合饮这种用屠苏草浸泡的酒，

以驱邪避瘟疫，求得长寿。

④曈曈：日初时光亮而温暖的样子。曈曈日：大地回春，暖意融融的好日子。

⑤桃、符：这里的桃和符都是指春联，是春联的早期形式和旧名。春联的早期形式是在桃木板上写上神荼、郁垒两位神灵的名字，悬挂在门旁，用来辟邪的。至宋代，已出现了红纸春联，但人们习惯上还称它为桃符。王安石这里用的也是春联的旧名。

2. 俗语译述

喜迎新年的爆竹声，告知人们一年已经过去；

人们在暖暖的春风中喝着屠苏酒，迎接新年的到来；

千家万户在这充满喜悦的时刻；

总是用新春联来代替旧春联。

3. 作者介绍

王安石（公元1021—1086年），北宋著名的思想家、政治家、文学家、改革家。王安石仕途坎坷，一生二次罢相。变法失败后，郁然病逝于钟山，获谥号“文”，故世称王文公。

4.《元日》赏析

此诗作是北宋政治家王安石初拜相位实施新政时创作的一首七言绝句。诗中描写了新年元日热闹、欢乐和万象更新的景象，充满欢快、积极向上的奋发精神，象征了诗人变法改革、以新政替代旧政的政治理想。

“爆竹声中一岁除，春风送暖入屠苏”两句，概括地描写了人们迎新的景象。耳边爆竹声声，送走了过去的一年；在春风送暖的时节，人们举杯庆祝新的一年的到来。“千门万户曈曈日，总把新桃换旧符”这后两句，一个“总”字，写出了人们贴春联这种行为的规律性复现，实际上是诗人对新旧更迭的规律性认识。诗人写作这首作品时，正处于担当国家政治改革大任之际，政治改革就是以新代旧，因此“新桃换旧符”是有象征意义的，而且“总把新桃换旧符”的规律性的认识，其实反映了诗人对于事物发展变化规律的哲理认识。

三、明代

（一）客中[1]除夕

明·袁凯

今夕为何夕[2]，
他乡说故乡。
看人儿女大，
为客岁年长[3]。

戎马④无休歇，
关山⑤正渺茫。
一杯柏叶酒⑥，
未敌⑦泪千行。

1. 词义解释

①客中：客不是客人，是指自己客居他乡，客中，就是客居他乡之中。
②何夕：什么样的夜晚。
③长（cháng）：即客居他乡，已好多年了。
④戎（róng）马：指军旅生涯。
⑤关山：关口和山岳。
⑥柏（bǎi）叶酒：用柏叶浸过的酒。古代风俗，春节习惯饮用用柏叶浸过的酒，可以辟邪，可以祝寿。
⑦未敌：挡不住。

2. 俗语译述

今晚是怎样的一个夜晚啊，只能在异地他乡诉说故乡；
眼看别人的儿女一天天长大，自己的客游生活却是那样漫长；
战乱连年不断，一刻都不停歇，山峦重重阻隔，回家的路在哪呢；
喝一杯柏叶酒，挡不住思念亲人的泪水一行接一行。

3. 作者介绍

袁凯，生卒年不详，明初诗人，以《白燕》一诗负盛名，人称袁白燕。上海松江人，洪武三年（公元1370年）任监察御史，后因事为朱元璋所不满，装疯癫，以病免职回家，终老于家乡。

4.《客中除夕》赏析

诗凡八句，五言律诗，作于元末明初战乱之际。客游外地，常年寄寓他乡，又加之战乱频仍，故除夕更思念故乡和亲人。这首诗就是作者在除夕那天旅居他乡所写，道出了思亲思乡的苦闷与无奈。

首联、颔联一起一承，描述了除夕之夜羁旅他乡、思念亲人的境况：除夕之夜，不能与亲人团聚，只能在异地他乡，思念故乡，而且看着别人的儿女一天天地长大，自己却不知何时才能看到自己的儿女亲人，这种漫长的军旅生涯何时才是个头呢？心酸之情，溢于言表。

颈联、尾联一转一合，描述了看不到希望的苦闷与无奈。颈联转向了造成除夕不能与亲人团聚的原因上，是战乱造成的，而且这种战争至今无休无止，因此与亲人团聚的希望被南征北战的重重关山所阻挡。因此诗人又能怎么样呢？尽管除夕有“柏叶酒”来浇愁，可“举杯浇愁愁更愁”，思念的眼泪还是止不住地流下来。

这首诗语言自然朴实，起承转合一气呵成，充分地表达了诗人在除夕之夜的思绪和情感。

（二）拜　年

明 · 文征明

不求见面惟通谒[①]，
名纸朝来满敝[②]庐。
我亦随人投数纸，
世情嫌简不嫌虚[③]。

1. 词义解释

①谒，拜见。前有“不求见面”，故此“拜见”为纸质拜年帖。

②敝，谦辞，指自己。

③嫌，两个“嫌”略有区别：前一“嫌”为厌恶，后一“嫌”为避嫌、避开。

2. 俗语译述

现在拜年都不见面了，仅仅让别人送张拜年帖就算拜过年了；

这些拜年帖一大早就堆满了我小小的屋子；

我也随大流让人送给别人一些拜年帖；

世风人情就是这样，大家都不喜欢这表面文章可又不得不去这样做。

3. 作者介绍

文征明（公元1470—1559年），明代画家、书法家、文学家，官至翰林待诏。为人谦和而耿介，宁王朱宸濠因仰慕他的贤德而聘请他，文征明托病不前往。诗宗白居易、苏轼，文受业于吴宽，学书于李应祯，学画于沈周。诗文上，与祝允明、唐寅、徐祯卿并称“吴中四才子”。

4.《拜年》赏析

这是一首七言绝句。诗歌通过发帖拜年这一现象，讥讽了失去质朴真情的世风。起句“不求见面惟通谒”中的“惟”字，概括和指出了“通谒”之风的盛行，也是末句“世情”的前提。因盛行“通谒”之风，故作为朝廷命官，“名纸朝来满敝庐”也就是必然的了。这一起一承两句，描写了“送帖”拜年的流行时尚。转句“我亦随人投数纸”，写自己与别人一样，实为跟随世风的无奈之举。结句“世情嫌简不嫌虚”，为作者对这种风气的看法，即大家都厌恶这种流于表面的礼仪，即“简”，可又不去避忌这种明知只是一种形式而又不得不去顺应。

诗歌语言通俗易懂，一气呵成，表达了作者厌恶只求形式的流行做法，也蕴含着对于“拜年”该更有些质朴真情的观点。

四、清代

甲午①元旦

清·孔尚任

萧疏白发不盈颠②，
守岁围炉竟废眠。
剪烛③催干消夜酒，
倾囊分遍买春钱④。
听烧爆竹童心在，
看换桃符老兴偏⑤。
鼓角梅花添一部⑥，
五更欢笑拜新年。

1. 词语注释

①甲午：清康熙五十三年（公元1714年）。

②颠：头顶。

③剪烛：就着烛火聊天，语出李商隐《夜雨寄北》诗："何当共剪西窗烛，却话巴山夜雨时"，后"剪烛"即代表"夜晚聊天"。

④买春钱：过新年给亲属分赠喜钱，似今天的压岁钱。

⑤偏：偏爱。

⑥鼓角：一种乐器。梅花：《梅花落》，乐曲名。一部，一曲。

2. 俗语译述

稀疏的白发已经盖不满头顶了；
可除夕晚上还是和家人围坐在火炉边守岁而不睡觉；
一边聊天一边喝酒，有说不完的话，就有喝不完的酒；
将身上的所有的钱都分给家里的小辈，作为他们新年的压岁钱；
喜欢听除夕的爆竹声，说明自己童心未泯，而选春联却也有自己作为老人的偏爱；
还听到鼓角奏出《梅花落》的乐曲；
五更时分，人们就早早地相互拜年了。

3. 作者介绍

孔尚任（公元1648—1718年），山东曲阜人，孔子六十四代孙。康熙中授国子监博士，迁户部广东司员外郎，不久被罢官。有文名，所写《桃花扇》与洪升之《长生殿》齐名，史称"南洪北孔"。

4.《甲午元旦》赏析

诗为七言律诗。作此诗时，作者六十六岁，在家乡曲阜简居。

诗记述除夕之夜守岁的情景，表达了作者迎新的喜悦。

作品为除夕守夜情景的记述。一、二句为概括性记述，起到提领作用。后六句为具体描写，写了喝酒聊天、发压岁钱、听到爆竹声声、赏评春联以及听到鼓角吹奏的乐曲和拜年的情景。这些除夕守夜活动描写，表现了辞旧迎新的热闹场景，以及诗人在新年之际的快乐心情。

五、现代

（一）迎春新岁

现代·余亚飞

喜气盈门红色妍[①]，
家家户户贴春联。
旧年辞别迎新岁，
时序车轮总向前。

1. 词义解释

①妍：美丽。

2. 俗语译述

红彤彤的春联特别鲜艳，使大门口充满了喜气洋洋的气氛；
每家每户都在春节贴上了春联；
人们欢天喜地辞旧迎新；
这是自然规律，因为时间的脚步总是向前走的。

3. 作者介绍

余亚飞，国家二级美术师，网络诗人。中国工艺美术学会会员，中华诗词学会会员，新加坡新神州艺术院特聘高级书画师。

4.《迎春新岁》赏析

余亚飞为当代画家和诗人，它的诗词作品，以七绝见长，具有简洁、通俗、形象的特点。《迎春新岁》为七言绝句，语言简洁、通俗。一、二句，一起一承，从描写春节贴上门的春联起首，角度在春联的颜色上，刻画出贴春联所带来的新年的喜庆气氛；承句着眼点在于社会群体，补描普天同庆的情景。三句转向，指出贴春联的意义在于辞旧迎新，最后合结在认识上，即从辞旧迎新的意义上揭示出一种带有规律性的认识，蕴含着时代是不断向前发展的，不该因循守旧的观点。

（二）新年有感

现代·钱来苏

金瓯[①]何事告凋残，
此责当涂[②]敢自宽。
遥望中原烽火急，
狂流一柱在延安。
满地疮痍不忍看，
三边耕织有余欢。
勤劳无逸能兴国，
士马腾欢敌胆寒。

1. 词义解释

①金瓯：金的盆、盂之类的物品。历史语义有比喻国土之义，此处沿用此说。

②涂：泥泞。

2. 俗语译述

像金盆那样完整而美丽的国土为什么被侵蚀得山河破碎、风雨飘摇，以至于像残花败柳了呢？

在国家生死危亡时刻，一切有良知的中国人只有用肝脑涂地、流血牺牲的担当，才能敢说对得起良心；

从西北远望中原大地，日寇侵华的战火使国家存亡频频告急；

而能够抵御像洪水猛兽般来犯之敌的中流砥柱屹立在延安这里；

一边是被日寇蹂躏得满目疮痍、惨不忍睹的山河国土；

形成鲜明对照的是陕北的“三边”地区军民开展耕地、纺织的大生产运动形成的民族希望之景；

与国统区统治阶级贪腐风气形成鲜明对照的，是共产党领导的陕北军民勤劳奋发的精神风貌，这是能使国家兴盛的希望所在；

党所领导的人民军队，骑马扛枪，意气风发，是会让敌人吓破胆的。

3. 作者介绍

钱来苏，浙江杭州人。1910年参加同盟会。“九·一八”事变后，秘密筹款援助抗日部队。1943年赴延安，任陕甘宁边区政府参议，并与林伯渠等组织怀安诗社。1947年参加保卫延安战斗，同时加入中国共产党。新中国成立后任中央文史馆馆员，1968年病逝。著有《孤愤草初喜集合稿》，又见《十老诗选》。

4.《新年有感》赏析

作品写作具体时间不详，但以作者1943年3月入延安、而延安当时正处于大生产时期以及诗歌本身的内容推断，应该是1944年春节时。作品以“新年有感”为题，借新年春节有感而发，描写了共产党领导的延安军民的精神风貌，表达了中国共产党及其领导的革命事业为民族之希望的观点。

诗凡八句，起承转合结构。一、二句，一问一答，以民族危亡、匹夫有责之心绪起首；三、四句，承接起首之“担责”义，表达了在民族危亡时刻，共产党是为民族“担责”之中流砥柱的观点；五、六句，转而描述与国统区形成鲜明对照的陕北革命根据地富有希望的情景；七、八句为合结，从延安之所见，升华出对于党所领导的抗日救亡运动对于国家民族兴盛的认识，抒发了最终必将战胜侵略者的自信和豪情。

图6　李建荣国画《报春图》

第二章　春联文化

春联的文化意义主要是通过语言手段来表达思想内容。它既包含不同时代的社会主流文化，也包括具有跨时代意义的民俗文化；春联文化与楹联文化、邮票文化等其他文化载体相得益彰，成为多元文化在特定时刻兼容并蓄而形成独特的文化载体。

第一节　文化概述

春联是文化的缩影。关于“文化”，目前还没有比较一致的界说。有人认为文化是相对于政治、经济而言的人类全部精神活动及其产品，也有人认为政治、经济也是文化现象。

文化这个词，一般都是作名词用的，比如饮食文化、企业文化、网络文化等等。但“文”和“化”之间，却有向“文”变化的动性关系。以“化”为词缀的词语都有这种关系。比如“绿化”，就是从没有绿色植物向有绿色植物变化；氧化，就是向锈蚀变化；现代化，就是社会生产方式向现代变化，等等。故，文化，也就是向有“文”变化。

“文”为象形字，《说文》表示笔画交错。笔画交错就是纹理，“文”的本义就是事物纵横交错的纹理。纹理有自然的，也有人为的。石头是自然的，石斧是人为的；洞穴是自然的，造房子是人为的；干草是自然的，结绳记事是人为的；乌合之众是自然的，立氏族、选族长、定规矩是人为的。只有人为的才是文化，因为它是人造的“纹理”。人为的内涵，即是人因为意识而创造的。所以，文化就是创意，是意识的形态。因为空气也是人的生活所依靠的，但空气不是文化，它不是人创造的，没有创意。除此之外，人所创造的一切，都是创意的产物，不是创意本身，所以不是文化。只有所创造产物中的创意才是文化。

创意在于“创造”。一位设计师把电插座的插孔改为向上倾斜33°角，能使插电更省力；袁隆平通过基因技术改良了水稻品种；曹雪芹创作了《红楼梦》；马克思主义在中国得到新的发展，这些都是文化现象，因为他们或创造出文化或推进了原有文化的发展。但使用袁隆平改良的水稻栽培技术不是文化，而是文化的学习和运用，因为文化不是重复、模仿。

人所创造的东西包罗万象、多种多样，所以文化也是包罗万象、多种多样的。生活必需品是文化，生活环境是文化，道路交通是文化，国防、外交也是文化；物质的产品是文化，宗教、科学、文学、教育、音乐、艺术、思想等属于精神的产品也是文化。它们都是人所创造的含有人的意识的有形、无形的产物，都有文化在里边。

文化有大有小。烹调菜肴、穿衣戴帽、喝茶饮酒、打牌下棋、言谈举止、会客出访、参观旅行是小文化；宗教、易经、诸子百家、自然科学、社会科学、马克思主义是大文化。文化普遍存在，时时处处有文化，古往今来皆文化。

文化有先进落后之分，高雅凡俗之异，价值大小之辨，影响深浅之别。优质的大文化，其价值、影响力必然大，因此可以成为社会的主流文化，影响和主导人类文明的发展和社会的进步；较小的文化，则在一定的范围内起作用，影响力也相对较小；而落后的、腐朽的文化则会阻碍人类的进步和文明的进程，最后会被人们所抛弃。

马克思主义认为，人们的社会存在决定人们的意识。人们社会生活的丰富性，决定了文化的丰富性，也决定了春联内容的丰富性。这种丰富性体现在，它既有时代的烙印，也有跨时代的影响；既有主流，也有支脉；既有风貌，也有情感。所以，春联是文化的写照和缩影。

第二节　春联与主流文化

主流文化是一定时期内对国家和社会发展起主导作用的文化。每个时代都有主流文化。从社会发展形态说，大而言之，我国奴隶制时代的主流文化是原始的宗教文化；封建社会的主流文化是儒家文化；民国时代的主流文化是“新文化”；现阶段的主流文化是有中国特色的社会主义文化。每种主流文化中也包括一些曲折和变化。

一、桃符里的宗教文化

中华民族源远流长，在经历了旧石器时代、新石器时代长达数万年的原始蛮荒时期后，大约于公元前2070年起，我国进入了奴隶制时代。奴隶制时代的主流文化是从原始图腾崇拜到神灵、祖先崇拜变化的宗教文化。大约在奴隶制时代晚期的周朝后期，民间产生了挂桃符、贴门神的习俗，这是在原始宗教文化的影响下形成的民间文化。

桃符、门神反映了借助神力以驱除鬼力的心理，是原始宗教文化的反映。在漫长的奴隶制社会中，社会生产方式落后，人们对自然社会还处于愚昧无知的状态，无法控制自己的命运。人们所能做的就是借助于神灵的力量来驱避邪恶，保佑平安。这是鬼神文化信仰，是原始宗教文化的反映。

桃符存在的历史是漫长的，历经数千年，它起步于奴隶制社会晚期，贯穿于整个封建社会，是我国民俗文化史上一笔深深的烙印，直至明清以后，才逐渐衰落。

二、春联里的儒家文化

春秋战国时期，奴隶制社会开始瓦解、逐渐向封建制社会过渡。这是一个社会动荡的时代，也是一个思想解放的时代，文化史上著名的百家争鸣就产生于这一时期。直至秦统一，西汉王朝建立，存在数百年的诸子百家被罢黜，继而独尊儒术，一直持续到晚清，近二千年的我国封建社会的主流文化为儒家文化。

在漫长的封建社会中，儒家文化一直占有统治地位。虽然道家、法家等学派也是中国文化中不可忽视的思想文化流派，唐以来又有佛法东传、景教渐进的异域文化传入的景观，但影响都不如儒家。其主要成因在于儒家文化为“入世”文化，比较符合统治阶级的需要，也比较契合中华民族历来的文化习性，故成为封建社会的主流文化。

儒家文化的核心是仁爱，政治上主张仁政。推行仁政依靠的是“礼”，“礼”是社会秩序的道德保证，“礼”的施行靠“德”，德化天下为儒学之本。儒学所制定的三纲五常的社会秩序基础在于德养。儒学认为人生第一要义就是修身，身修才能齐家，家齐才能治国，国治方有天下平。儒学对于封建社会的稳定和发展有着巨大的主导作用，特别受统治阶级的大力推崇，影响延续至今、波及世界。

从最早的“三阳始布，四序初开”和孟昶的“新年纳余庆，嘉节号长春”，到“天恩春浩荡，文治日光华”“春风送暖，大地回春”“风调雨顺，国泰民安”“江山不老，神州永春”，乃至“六畜兴旺，五谷丰登”等封建时代的春联，虽为春节祝语，却也无不浸润着儒家文化的价值观和治国理想。而类似“入则孝，出则弟，守先王之道，以待后学；颂其诗，读其书，友天下之士，尚论古人”“且将酩酊酬佳节，未有涓涘答圣朝”的春联里，隐约中也无不透露出儒家仁义忠孝的礼教思想和社会规范。至于“读圣贤书，行仁义事”“存忠孝心，立修齐志”“日月两轮天地眼，诗书万卷圣贤心”等联语，也不难看出儒家文化的人文内涵。

三、春联与民国时期的文化

民国是社会巨变的时代：帝制瓦解，共和昙花，军阀割据，国共北伐，抗日救亡，三年内战，短短的半个世纪，可谓风云变幻；文化上，数千年的封建文化枷锁被打开，追求科学、民主的“新文化”崛起，成为民国时期的主流文化。

新文化运动初期，北大有学生写了一副对联“白话通神，红楼梦、水浒，真不可思议；古文讨厌，欧阳修、韩愈，是什么东西”，是在新文化运动崛起的背景下，对封建文化深恶痛绝的情绪化反映。辛亥革命后，国民政府推出阴阳两制的历法，加之“五四”新文化运动提倡男女平等新思潮，这些必然会引起因循守旧者反对。有位前清学者写了一副春联“男女平权，公说公有理，婆说婆有理；阴阳合历，你过你的年，我过我的年”，嘲讽之间，反映了新旧文化观念的冲突。

民国元年春节，民族资本家张謇写的“民时夏正月，国运汉元年”春联，反映了对国制变迁的期待。而郭沫若的春联“共和三脱帽，光复一戎衣”，用“三脱帽”表达了对建立共和制的敬意，用“一戎衣”表达了拥护武力取得革命成功的主张。而“帝制休共和昙花一现，军阀乱民主风起云涌”，则直接描述了辛亥革命后的国内形势。

孙中山写的超长春联“时势险艰哉，英助藏，俄侵蒙，日眈德疄，仍值四方多难之秋。愿同胞，众志成城，恢复中华土宇；民国建立矣，徽号易，正朔改，政通人和，恰当一元启始之春。看大地，群情激奋，光明锦绣河山”，上联发出同胞团结，打倒列强的号召，下联表达了共和新建、历法新施、辞旧迎新、憧憬未来的豪气。

1923年春节前夕，陈毅回到四川老家，乡亲们请他写对联，他挥毫写下了“年难过，年难过，年年难过年年过；事无成，事无成，事事无成事事成”，横披是“春待来年”。这既为人民贫困现实的写照，也给人以鼓舞。

1939年的春节，邓小平在延安期间，替人写了一副“列为无产者，宁不革命乎”的藏头字春联，反映了新文化运动以来崛起的“红色文化”。

国民党著名爱国将领李济深1944年腊月回广东老家过年，写下“心如老骥长千里，春入梅花又一年”

的春联，表达了年近花甲仍为抗日救国壮心不已的情怀。

民国时期连年战乱，官员腐败横行、人民生活困顿。一副“三三四四七，千千万万亿”，横披为“满载而归”的春联，就是对国民党陕西省政府主席祝绍周贪赃枉法的揭露和讽刺。上联数字表示民国三十三年即1944年7月7日祝氏就任日，下联数字表示祝氏贪掠民脂民膏无数，横批则充满讽刺意味。

1946年，国共和谈期间时有两军“摩擦”，桂林有家店铺贴上了“打打谈谈谈打打，谈谈打打打谈谈”对联，揶揄幽默，跃然纸上，不失为时势写照。

1935年至1948年延安时期出现的文化气象，为新文化运动的延续。“自由平等除旧岁，民主政治过新年”“过新年坚持抗战到底，除旧岁反对妥协投降”“有牛有地有劳动家家足食，自种自纺自织布个个丰衣”的春联，显示根据地人民抗战的决心和乐观向上的精神风貌，在当地广为流传。

持续了近半个世纪的中华民国，为社会大变革年代，是打破封建文化统治，出现新文化的年代，当时的社会主流文化影响了人们的观念，当然也反映在春联中。

四、春联与新中国文化

新中国时期的主流文化为社会主义文化，其中可分为三个发展变化阶段：1949年至1965年为第一阶段，1966年至1976年为第二阶段，1977年至今为第三阶段。

第一阶段，人民翻身解放、当家做主、共同建设新中国，这成为主流文化的心理特征。“翻身不忘毛主席，幸福全靠共产党”“吃水不忘挖井人，时刻想念毛主席”“听毛主席话，跟共产党走”（如图1~2）的春联处处可见；“斧头开辟新世界，镰刀割断旧乾坤”的春联，歌颂党所领导的人民解放事业；“万里河山归人民，五亿群众庆新生”则表达人民翻身做主的喜悦。

图1 翻身不忘毛主席，幸福全靠共产党 （黄福霆 书）

图2　听毛主席话，跟共产党走　（严治俊　书）

图1、2，为出现于20世纪五六十年代、沿用至七十年代中期，影响遍及千家万户、城镇乡村的两副春联。

第二阶段的春联表现了这一时期社会主流文化的特征。如“不忘阶级苦，牢记血泪仇”“千好万好不如社会主义好，河深海深不如阶级友爱深”“工人阶级顶天立地，人民群众就是中坚”“移风易俗过春节，大年三十不歇脚”“三十不停战，初一坚持干”等。也有把伟人诗词直接用作春联的，如“四海翻腾云水怒，五洲震荡风雷激”“宜将剩勇追穷寇，不可沽名学霸王”“春风杨柳万千条，六亿神州尽舜尧”等毛主席诗词对句，见诸于农舍院落、街头巷尾、店户家门，不计其数。

第三阶段为改革开放时期，这一阶段的主流文化为具有中国特色的社会主义文化。思想解放、观念更新、奔小康、实现中国梦是这一时期社会主流文化的内容。“爆竹一声送走因循守旧，礼花万点迎来改革开放”“改革开放神州巨变真无比，奋发图强骏马奔腾大有为”等春联，在歌颂党的政策的同时，也无不流露出对未来的期待。“人民为现代化拼搏，祖国朝新纪元腾飞”“万户千家，齐奔现代化；五湖四海，共庆胜利年”“一声爆竹庆民康国泰，三杯春酒祝人寿年丰”，这些充满喜气的春联，反映了国泰民安的盛世风貌。

今天，类似“日照千山拭目新程知任重，民歌九域潜心富路觉春浓”“您好我好大家好人民最好方为好；天新地新万象新祖国常新才是新”，既饱含年味和家国情怀，也赋予春联浓浓的时代气息。而“德雨抽丝春织锦，梅香入韵梦题诗”“盛唐气象专中外，丝路驼铃铄古今”，则将“以德治国”“中国梦”等重大主题和“一带一路”倡议巧妙地写入春联。春联祝语在社会主流文化的影响下，成为伟大时代的颂歌！

图3　张孜淑剪纸作品《祖国万万岁》

第三节　春联与民俗文化

民俗，就是人们日常的生活习惯和风俗，民俗文化就是与人们日常生活习惯和风俗有关的文化。民俗文化也叫传统文化，有代代相传的特点。由于民俗文化是在民间流传的文化，所以与主流文化有一定的区别，有跨时代的特点。

在我国，春节已成为包括少数民族在内的中华民族的盛大节日。除此之外，元宵节、清明节、端午节、中秋节、重阳节等节日民俗，也是影响广泛的汉族民俗文化。民俗文化也体现在民间，婚丧嫁娶，待人接物，礼仪规范等都有许多习惯和风俗，比如清代晚期，汉民族还有“冥婚”习俗。我国是多民族的国家，少数民族也有自己的风俗，藏族在除夕之夜要举行“跳神会”，德昂族有泼水节，维吾尔族有肉孜节，等等。

春联中的民俗文化既有祝福节日的内容，也有人们对日常生活、情感的表述。辞旧迎新的祝语最为常见，为各民族共同的心声。类似“一元复始，万象更新”“和顺一门添百福，平安二字值千金”之类的祝语，最为普遍。其次，子孙满堂、望子成龙、恭喜发财、祈求福运之类的祝语春联也较为普遍。如“儿孙满堂满堂欢喜满堂香其乐融融哉，家国盛世盛世和谐盛世安我心拳拳焉”“双花双叶双连枝枝叶繁茂，独门独院独生子子孙满堂”“生意兴隆通四海，财源茂盛达三江”之类。

另有些借春联外壳，或描写、或赞颂、或揶揄的日常生活春联，也为民俗文化的反映。如“挥舞双拳，打遍天下英雄，莫敢回手；运动寸铁，削平宇内豪杰，谁不低头”写的是理发，幽默间带出些许自豪。又有“只有几文钱，你求他求，给谁是好；不做半点事，朝拜夕拜，教我为难”，既讽喻财神爷，也有教人努力之意在里边。更有过年避债人写的“米无面无油盐酱醋皆无，如此贫寒，哪个小子敢讨账；笔有墨有琴棋书画俱有，徒然富贵，何愁老子不还钱”“乃小人找咱讨债，是君子容我过年”之类的春联贴于门上，揶揄中不免无奈。

清乾隆年间，安徽桐城有位乡村理发匠吴鳌，春节在自家柴门上贴了一副春联“半间茅屋栖身，站由我，坐也由我；几片萝卜度岁，菜是它，饭也是它”，直抒胸臆，风趣幽默，在当地广为流传。这类春联与日常生活最为贴近。相传清代有个木匠，写了“曲尺能成方圆器，直线调就栋梁材”的春联；一个剃头的，写了“进门来苍头秀士，出户去白面书生”的春联；一个卖药的写了“但愿世间人无病，何愁架上药生尘”；还有一副春联更妙，巧妙地写出了一家三兄弟的职业特点，即老大卖烧饼时，一个两个地数，所以春联的上联是“数一数二的大户”，老二做爆竹买卖，所以下联是“惊天动地的人家”，老三是杀猪的，所以横披是“先斩后奏”。

春联还有一些延伸形式，就是不成对的单联，叫作“竖条”。比如大门对面墙上贴的“出门见喜”，院子里贴的“满园春光”，床边贴的“神清气爽”“身卧福地”或“梦见周公”，水缸上贴的“川流不息”或“青龙大吉”，面缸面柜上贴的“取之不尽”，鸡窝狗窝上贴的“六畜平安”，有牛马人家贴的“槽头兴旺”，车上贴的“一日千里”等等单联“竖条”，诸如此类的瑞语吉言，都是对民俗文化的写照。

春联里有民俗百态、文化万种！

第四节　春联与楹联文化

楹，本义是堂前的柱子，引申为一般建筑物的柱子。中国建筑文化别具一格，自成一系。除了百姓居所外，一般王公贵族、政府衙门、宗堂庙宇乃至大户、富庶人家的建筑，很多都有楹柱结构。至于“亭台楼阁、轩榭廊舫”这八类古代艺术建筑形式，其中大部分也都有楹柱结构。对联上了楹柱就叫楹联，一般出现在建筑物门脸儿处的楹柱上，有的还出现于厅堂、内室。

楹联和春联一样，也是对联的一种，但楹联是出现在楹柱上的，联语多半也是雕刻完再上色的字体，所以能长久保存。老百姓的春联一般都是贴在自家门上的红纸，时间再长也不过一年。普通老百姓家的住房一般也没楹柱，所以楹联主要为统治阶级和社会上层阶级使用。除此之外，春联是春节使用的对联，楹联却没有这种时间上的限制，春联可以为楹联，但楹联并不都是春联，寿联、挽联，厅联、庙联，名胜联等对联都包含于楹联里。

楹联自唐代初已出现，梁章钜《楹联丛话》所录为五代至清代的楹联，是古代楹联大观。清朝为楹联文化全盛时期。南怀瑾将“清对联”与唐诗宋词元曲相提并论，赵雨先生也认为“清代的主流文体是楹联”。《楹联丛话》记载，“紫禁城中各宫殿门屏槅扇皆有春联，每年于腊月下旬悬挂，次年正月下旬撤去。或须更新，但易新绢，分派工楷法之翰林书之”。这里的春联是写在丝绸上的，每年都换，可见皇宫的奢华。此书所记的紫禁城里的可换春联就有111处之多，除了可以换的以外，雕刻在柱子上的，估计也少不了。

在清代，不仅皇宫如此，从皇宫到各级政府的衙门官邸，从大户院落到宗室祠堂，从山门庙宇到道路牌楼，从名胜古迹到野碑坟茔，楹联遍布，处处可见。仅以清代文学家、教育家李彦章主持建造的阳明书院为例，其中的斋、轩、亭、楼、祠堂、讲堂等30余处都各有楹联，且为李氏亲撰。有人将其于多地任职、建院、办学期间写的楹联收集整理为《榕园楹帖》一书，可见清代楹联创作之盛景。

古代的许多楹联保留至今，楹联文化也为后代效仿。自清代经民国到如今，新旧楹联交相辉映，绵延不绝。不仅大陆如此，香港、澳门、台湾以及旅居海外的华人居住地，楹联文化代代相传。比如世纪之交前后，香港九龙地区仿造宋代汴梁（今河南开封）模样建造了一个叫“宋城”的景区，建好后公开征求到2 000多副对联，获得冠军的对联写的是“大宋汉河山，气势长存威海外；富家王府地，声名远播震城中”；马来西亚槟城的华人会馆——“潮州会馆”，进院两旁楹柱的联语是“有疆不息，家山回首”；秘鲁叫作“通惠总局”的华人会馆，至今还保留着光绪十五年落成时，清朝官员傅云龙题写的“尝六万里艰难，权作寓公，相助当如左右手；历五十年生聚，每逢佳节，何人不起本源情”的会馆楹联。

楹联创作的主体，多为文人墨客。康熙六十寿辰和乾隆八十寿辰，紫禁城办过两次宫廷楹联创作活动，有资格参加这种皇家楹联写作的，都是“名公硕彦”。乾隆皇帝还御旨儒臣为紫禁城各处创撰楹联春联，这些儒臣都是当时翰林院大家。梁章钜称他们的作品“典丽矞皇，允堪藻绘升平，祓饰休美”。清廷对楹联如此重视，地方争相效仿，因此推进了楹联文化的普及传播。

楹联文化最为主要的思想内容为儒家文化。比如，阳明书院“实学斋”楹联为“刚日读经，柔日读史；十年树木，百年树人”，“实用斋”楹联为“考古证今，致用要关天下事；先忧后乐，存心须在秀才时”，类似励语警言处处可见，精要体现了儒家的人生价值观。而类似“丰农亭”的“载酒遍催耕，愿无忘两字丰农，为政先劳原自近；索绹仍合力，正难得一家和气，力田孝弟本同科”，以及李彦章为上林县“劝农亭”等地所撰写的“地利极膏腴，十万山近绕澄江，今年喜雨足田肥，人和岁稔；边情须体察，三百里亲来行县，到处得兴农课士，问俗观风”等楹联，亲农体民跃然于纸，言语之间，亦无不是儒家“仁政”“爱民”思想的反映。而乡村祭祖祠堂柱子的楹联，更用精炼的语句书写儒家文化的精要。

楹联文化的繁荣，极大推进了儒家思想文化的传播和普及，给予春联以文化的养分，影响和引领了春联的创作和运用。《濯缨亭笔记》记载，元世祖忽必烈让元代名仕赵子昂题写的“日月光天德，山河壮帝居”新岁桃符，遍布街头巷尾、百姓人家。清代老百姓家门上的“天恩春浩荡，文治日光华”春联，其实是雍正皇帝御赐给朝官张廷玉的春联。因为张廷玉每年春节临摹书写，贴在居所大门上，被老百姓抄去逐渐传播开来。

如今，楹联文化继往开来。1984年成立了中国楹联学会，继而推进了地方楹联组织的建立和活动的开展。1987年《中国楹联报》创刊，随后楹联刊物、书籍、网站也如雨后春笋、日长夜大。春联也是楹联，它丰富着楹联，也推进着楹联的发展。

图4　张孜淑剪纸《党史》

第五节　春联与邮票文化

春联为中华文化之瑰宝，所以也出现在邮票上。邮票发行广泛，又有收藏价值，借助于邮票，春联文化得以更广泛地传播和保存，凭借春联，邮票主题表达更为鲜明。春联文化与邮票文化相得益彰。

一、改革开放前新中国邮票中的对联

1951年10月，新中国成立两周年时，国家邮电部发行了“鲁迅逝世15周年”纪念邮票（如图5），邮票右侧是鲁迅像，左侧是鲁迅《自嘲》中的“横眉冷对千夫指，俯首甘为孺子牛”这两句诗，也是一副内涵深刻、对仗工整的对联。这是新中国邮票上首次出现对联。这副对联后来又出现在1966年12月发行的“纪念我们的文化革命先驱鲁迅”的邮票上（如图6）。

图5　“鲁迅逝世15周年”邮票上的对联

图6　“纪念我们的文化革命先驱鲁迅”邮票上的对联

1962年5月，邮电部发行“杜甫诞生一二五〇年”纪念邮票。第1枚（如图7）图案是四川成都杜甫草堂碑亭，两侧是朱德1957年游杜甫草堂时的对联题词“草堂留后世，诗圣著千秋”。第2枚图案（如图8）是杜甫画像，两侧是郭沫若题的对联“世上疮痍诗中圣哲，民间疾苦笔底波澜”，深刻地概括了诗人的人民性和诗歌的现实主义特点。

1967年5月1日，邮电部发行了“毛主席万岁”邮票1套8枚，其中第2枚（如图9），主图为毛主席像，背景有毛主席1963年1月9日创作的《满江红·和郭沫若同志》词中的书法手迹“四海翻腾云水怒，五洲震荡风雷激”。这副对联工整贴切，表现了毛主席诗词的浪漫主义风格和气势磅礴的革命豪情。

1977年1月31日，邮电部发行了“纪念刘胡兰烈士英勇就义三十周年”纪念邮票（如图10），其中再次出现毛主席手书书法题词对联“生的伟大，死的光荣”。

图7 “杜甫草堂”邮票上的对联

图8 “杜甫画像”邮票上的对联

图9 “毛主席万岁”邮票上的对联

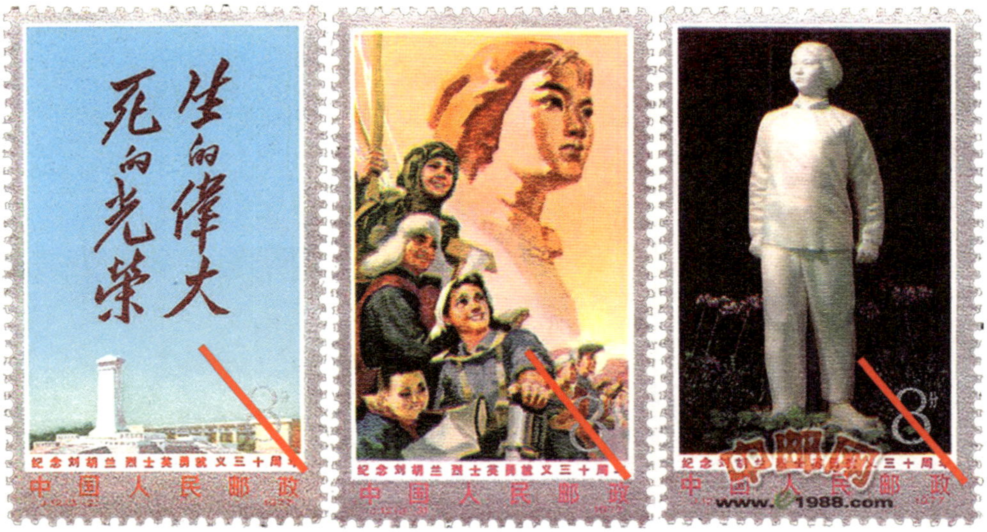

图10　“纪念刘胡兰烈士英勇就义三十周年”邮票上的题词对联

二、改革开放后特种邮票上的对联

1984年8月，邮电部发行了“吴昌硕作品选”特种邮票一套8枚，其中第1枚（如图11），画面为吴昌硕76岁时用篆书书写的一副对联“金石乐，书画缘”。

吴昌硕工诗和书画，尤精篆刻，为西泠印社首任社长。此幅作品为其书法代表作之一，炉火纯青、出神入化。

1985年8月30日，邮电部发行了“林则徐诞生二百周年”纪念邮票（如图12），第1枚主图为林则徐像。背景上，是费孝通书写的林则徐自勉对联“苟利国家生死以，岂因祸福避趋之”的书法手迹。

1989年9月1日，邮电部发行了“当代美术家作品选”特种邮票，精选了当代三位美术大师的作品，并在左侧印上了书法字体的对联，以描述艺术家的人生和艺术特点（如图13）。

第1枚画面为叶浅予的《白蛇传》图，左侧的对联是“对生活知足常乐，对艺术精益求精”，第2枚画面是李可染的《细雨漓江》图，左侧的对联是“真知困而得，峰高无坦途”，第3枚画面是吴作人的《齐奋进》图，左侧的对联是“法由我变，艺为人生”。

三副对联，赞誉画家人生，揭示艺术规律，寓意深刻，各具魅力。

图11　“吴昌硕作品选”邮票上的对联

图12 “林则徐诞生二百周年”邮票上的对联

图13 “当代美术家作品选”邮票上的对联

1991年10月18日，邮电部发行了“陶行知诞生一百周年”纪念邮票（如图14），其中第2枚画面是着布履长衫，手拄一杖的陶行知全身像，背景上，是他的著名对句格言“千教万教教人求真，千学万学学做真人”，表述了平民教育家陶行知的教育思想，也是对其人生事业的最好写照。

风景名胜的邮票上还有“胜迹联”。1990年为纪念全国集邮联“三大”召开发行的邮票小型张（如图15），主图为《姑苏驿亭》，在驿亭南面左右石柱上，有清同治十三年修缮时题写的楹联“客到烹茶，旅舍权当东道；灯悬待月，邮亭远映胥江”。古代的著名驿站常有名联，坐落在高邮市南门大街馆驿巷内、始建于明洪武八年的盂城驿就有很多旧遗对联，如“过客相逢应止宿，征途到此便为家”“梅寄春风劳驿使，葭怀秋水托鸿邮”“千家烟火接城闉，一角邮亭傍水滨”“星斗为文高映阁，江山如画半倚城”等。

图14 “陶行知诞生一百周年”邮票上的对联

图15 “姑苏驿亭”邮票上的对联

三、春节邮票上的春联

我国改革开放后，开始有计划地发行生肖和拜年系列邮票，不少邮票上都有春联或对联。

2015年，我国发行了第一套“拜年”邮票（如图16）。邮票上，有年画风格的儿童拱手贺春，两侧是春联。上联“天增岁月人增寿”，下联“春满乾坤福满门”。这副取自清朝的春联，作者是嘉庆年间的状元林大钦，据传这是他中状元前，为其东家夫人祝寿写的，在民间传播甚广。

2016年，第二套“拜年”邮票（如图17）发行，画面也是年画味，画的是儿童过年放鞭炮的情景，两侧有春联，上联“爆竹一声辞旧岁”，下联“桃符万户贺新春”。这副春联显然受王安石《元日》诗的影响，其中用桃符比春联，沿用了王安石诗的原词。

2017年，第三套“拜年”邮票（如图18）发行，主人公形象仍然是上两年的“欢欢”和“喜喜”男女儿童形象，不过是身着蒙古族服饰，手捧哈达，据说是为了纪念内蒙古自治区成立70周年这一主题而设计的。春联联语与主题相配、呼应，上联“吉祥哈达迎春献”，下联“幸福花儿向日开”，与画面配合紧密，表现了民族团结的主题。

2018和2019年“拜年”邮票，“欢欢”“喜喜”分别身着壮族和藏族服饰（如图19、20）。两侧的春联，一副是“三春景物随风至，五福人家接喜来”，另一副是“雪月冰星春酒暖，吉祥兴旺彩云飞”，同样以民族团结为主题，联语和风俗画配合协调，显示出过年时中华大家庭充满欢乐祥和的气氛。

2016—2018年，三年分别发行了猴年（如图21）、鸡年（如图22）、狗年（如图23）生肖邮票赠送版的小版张，两侧也配有春联。2016年猴年邮票上的上联“神羊献瑞送吉祥”，下联“灵猴捧寿献如意”；2017年鸡年邮票上的上联“紫气千重托旭日”，下联“金鸡一路报新春”；2018年狗年邮票上的上联“慈孝亲和逢日暖”，下联“忠诚守望待春归”，都是联画合璧，主题鲜明，年味儿浓浓的艺术邮品。

有品牌效应的邮品是拜年封。拜年封就是有拜年内容

图16　“拜年”（2015）邮票上的春联

图17　“拜年”（2016）邮票上的春联

图18　“拜年”（2017）邮票上的春联

图19　“拜年”（2018）邮票上的春联

图20　“拜年”（2019）邮票上的春联

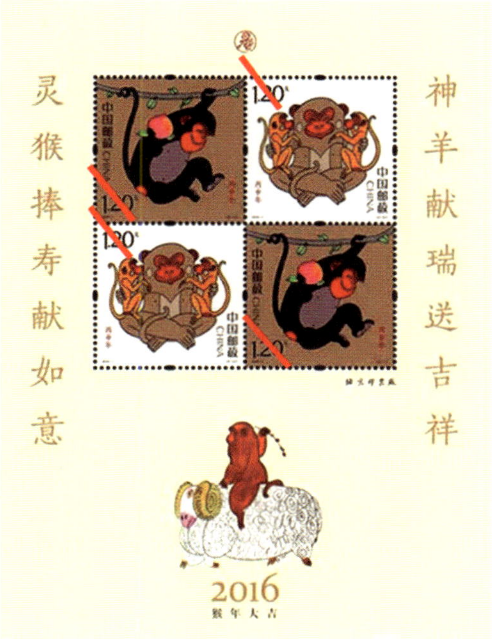

图21　2016猴年邮票上的春联

图22　2017鸡年邮票上的春联

图23　2018狗年邮票上的春联

的信封，从1993年开始，我国每年发行一枚。开始是为央视春晚发行，近年独立发行。拜年封正面是拜年童子图案，背面有拜年春联。这些春联紧扣时代，既反映了一年来的国家时事、民众祈愿，也兼有春联特色。比如2016—2019年的拜年封（如图24），分别反映了中国人民抗日战争暨世界反法西斯战争胜利70周年天安门广场举行盛大阅兵仪式，杭州G20国际经济合作论坛，“一带一路”以及新中国成立70周年和改革开放40周年纪念的内容（联语文字内容如下）。

2016年

辞岁忆阅兵盛典，两岸同呼人民必胜

迎春抒爱国情怀，千行共创骏业正兴

2017年

放眼尽杭州晴雨好奇水山明秀

随心增喜庆金鸡唱瑞彩凤飞春

2018年

千山争绿，万水披红，好趁东风迎朗日

海鸟衔珠，明驼摇梦，遵行正道共春光

2019年

夏荷映日，秋菊傲霜，冬梅喜雪，待用心讲述春天故事

东海铺银，西疆绽绿，南岭披红，更放眼讴歌北国风光

图24　纪念封（春节拜年封）上的春联（2016—2019年）

第三章　春联语言

语言是春联的表意工具和手段，没有语言，也就没有春联。春联语言是语言的一种特殊形态，也就是对偶句形态。本章先介绍对偶句的形成，然后从句意、句构、音律三个方面，对春联的语言特点作简要介绍。

第一节　对偶句的形成

人们的表达、交流有多种形式，比如：喜笑、怒嗔、手势、身姿等行为；爆竹、号角、旗语、笔画等符号；音乐、绘画、雕塑、舞蹈、影视等艺术形式。但是，人们最为重要、最基本和最基础的表达、交流的手段或工具是语言。

语言有口头的语言和书面文字的语言两种形式。对偶句是书面文字的语言，它是由两个形态相似的句子构成的，是书面语言的一种特殊句式。

对偶也叫对仗，还叫骈偶。王力说："两马并驾叫作骈，两人在一起叫作偶。骈偶就是两两相对。古代宫中卫队的行列叫仗（仪仗），仪仗是两两相对的，所以骈偶又叫对仗。骈偶、对仗都是比喻的说法。"

对偶句是书面语句子逐渐精化和艺术化的产物，它的源头是诗歌语言。我国文学的发源和欧洲文学的发源有相似之处，即都是韵语文学，欧洲有《荷马史诗》，我们有《诗经》和《楚辞》。韵语文学的语言是经过艺术手段提炼过的语言，对偶句式就是这种提炼的产物之一。

对偶句运用的极端表现就是用对偶句来写文章。一篇文章里的句子，尽可能都用对偶句，这类文章叫作"骈体文"。"骈体文"也称"骈俪文""骈偶文"，字数多为四言、六言，故也称"骈四俪六"，盛行于魏晋南北朝。庾信有《哀江南赋》，是用骈体写作的著名的辞赋之一。

虽然唐朝的"古文运动"和宋代的"诗文革新运动"，对骈体泛滥于文章中的写作倾向形成了某种抑制，但直至清末，骈体文还在流行。而且在唐朝文学的代表样式——近体诗中，对偶句是必备要素，即除首尾两联可不用对仗外，中间的颔联、颈联的对仗是基本要求。

除了诗文实践外，对偶句的承袭发展，还得益于古代教孩子写作的教学方法，这就是学"属对"。学属对，从模仿起。"云对雨、雪对风"是一字对，"晚照对晴空"是两字对，还有"三尺剑，六钧弓""人间清暑殿，天上广寒宫"等三字五字对的，以及类似"灯点木油红日光中消冻雪，弓弹棉絮白云堆里响晴雷"这样的长联对，都要熟读能背。然后老师出题，学生出对。这样由简及繁，循序渐进，日久自然养成。属对成熟了，就发展为近体诗的写作。清代车万育所编《声律启蒙》，就是"属对"教学的著名教材。

教育和诗文写作实践，促进了对偶句的成熟与普及。当然，在使用时，用不用对偶，怎么用，都应根据表达需要，不能拘泥于形式而把表达降为其次，也不能一味排斥。只要有益于表达，使用得当，对偶句的优越性就能得到发挥。还有些表达形式，是非用对偶不可的，比如楹联和春联。

第二节　对偶句的语意

完整的春联，其实还包括横披。关于“横披”还是“横批”，外界有不同意见。本书用“横披”来称呼春联的横联，并不是说“横批”“横幅”就是错的。我们现在要说的，是横披在春联语义中的作用和地位，也就是说，要把横披作为春联语义的一个部分。

春联的粘贴习惯和古代书面语的书写习惯是一致的。古人写文章，从第一个字开始竖着往下写，到要换行了，就往左移一行，再从上往下写，然后再往左换行……春联也是竖着写的，所以贴的时候，就要注意这个读写习惯，即面对门，把上联往右手边贴，下联往左手边贴，就像竖写换行一样。这样，人们读春联和读竖写的文章就一致了，即先读右联，再读左联，最后横披。横披贴在两联中间上方的门楣处。横披的纸张是横向的，一般也只有一行文字，如果按竖写习惯，那写完一个字就要换行，现代人不习惯。所以现在写横披不少是自左向右来写的，方便人们阅读。不过也有按传统习惯，自右向左来写的。

有的春联有横披，但对联、楹联是没有横披的。有横披的，要作为三联整体来理解，对联为主，横披为辅。有人说横披像“文章的题目”，不很确切。横披的意思来自于对联的内容，可以是对联内容的概括、也可以是主旨的揭示，还可以是点评、抒发等等，是三联整体的尾部。有人说它是“画龙点睛”“锦上添花”，有“睛”和“花”虽然添彩、但毕竟是点缀、不是本体的意思在里边。如果把春联比作文章，那横披就是文章的结尾，文章的结尾有收住文意的作用，横披也一样。如果先读横披，再读对联，这就把意义关系弄反了。

如上联“二十四时节气，乾坤竞秀”，下联“五十六朵奇葩，和睦同春”，横披“天人合一”这副春联，把它完整解释一下，就是“二十四（个）时（令）节气，（一个接一个地在）乾坤（中）竞（相展）秀；（五十六个民族像）五十六朵奇葩，和睦（地一）同（迎接）春（天的到来）”的意思。两联分别是对自然景象和社会景象的描写：上联的描写对象“二十四时节气”，代表“过往的一年”，着眼于自然时间上的纵贯；下联的描写对象“五十六朵奇葩”，代表我国的五十六个民族，着眼于社会空间上的横排。“乾坤竞秀”和“和睦同春”，是对上述两面“和谐”状态的描写，所以“天（自然）人（社会）合一（和谐）”的横披就呼之欲出了，可见横披的概括来自于对联的意义。

春联的对句，意义上有对举和承接的区别，对举就是并列，比如“金沙水拍云崖暖，大渡桥横铁锁寒”“一径飞红雨，千林散绿荫”这两联对句，各自的上下联都没有时间或逻辑上的先后关系，是同时间的景物描写，所以都是对举。但尽管如此，对立的两联在排列上还是有先后次序的，不能随便换位。这其中的原因比较多，除了音律上的原因外，语气的轻重也是原因之一。比如把“一径飞红雨，千林散绿荫”，换成“千林散绿荫，一径飞红雨”，“千林”和“一径”比较，前重后轻，就显得别扭。

比起对举关系，承接关系的春联相对少一些。承接关系的对偶句也叫“流水对”，是说两联有纵向承接关系。但“流水对”这一名称本身似乎是矛盾的，因为“流水”是纵向的延续，而“对”却表示横向的排列。其实不然，因为它们分别指向内容和形式。“即从巴峡穿巫峡，便下襄阳向洛阳”，这里旅程的先后，是内容上的先后，这是“流水”的意思；但两联的结构和词性即形式是相对的，是可以成为对句的。所以，“流水对”，首先它在形式上要成“对”，然后再考虑内容意义有没有先后关系。如果成对，那它就是对偶句，如果内容有承接关系，那它就是对偶句中的“流水对”。

包括横披在内，春联各联一般不能用同样的词，即不能“重字”。比如“时和世泰春光好，人寿年丰春景新”，上下联都有“春”，不合适。至少应该用同义词替换，或者改为不同的词。比如改为“人寿年丰景色新”或者“人寿年丰满目新”，既避免了重字问题，且改后的字都用仄声字，比起原来的一平一仄更好。

图1　贺竹元国画《此中有真趣》

第三节 对偶句的形式

对偶句最为显著的特点就是对联的两联语言结构形式上的对应。语言有复句、单句的区分，复句由单句构成，单句成分既可以是单句，也可以是词组或词。因此，对偶句语言结构上的对应，就是构成对偶句的两联句子的结构以及结构成分的属性都具有对应性。

比如“长空溢彩，大地流金”这副对联，两联各自都是简单句，主谓宾结构。主语“长空”“大地”都是偏正结构的名词，谓语“溢”和“流”都是动词，宾语“彩”和“金”都是名词，结构对应齐整。

再比如“精神到处文章老，学问深时意气平”这副对联，各联分别是一个带介词结构的单句，介词结构“精神到处”和“学问深时”相对，成为前置状语，来修饰“文章老”和“意气平”这两个主谓句；主谓结构的主语分别是“文章”和“意气”，是名词相对，谓语分别是“老”和“平”，是动词相对。

再举一个复句的例子。比如对联“临水开轩，四面云山皆入画；凭栏远眺，万家烟火总关情”，两联都是记描关系复句。“临水开轩”和“凭栏远眺”为记述句相对，其中“临水”和“凭栏”都是动宾结构相对，“开轩”和“远眺”都为动性词组相对；两联后句均为描写相对，其中“四面云山”和“万家烟火”、“皆”和“总”、“入画”和“关情”也都是结构、词性两两相对的。

但需要指出的是，对偶句语言的“对”，应该有一个大致的限度。对联的两联不论是复句还是单句，从大到小（小到单句的主谓宾成分）的结构必须是对应的；但是对词内结构，能对的最佳，不能对的，也不妨碍整联的对偶性质。比如上述第三个例子里的“开轩”和“远眺”，根词“开”“眺”都是动词性的，可以相对，但内部构成并不对应：“开轩”是动宾，“远眺”是状谓，结构关系不一样，就对不上了。但因为是词内问题，不影响大结构的对应，所以还是对偶句。

如果把“远眺”改为“眺远”，换成动宾结构，那么和“开轩”的结构关系就一样了，词性也都是动名相对，对应齐整，可以成对。但这样换，还要考虑平仄声调的问题和语感。在这里，“远”和“眺”都是仄声，互换以后不影响声调，从音律上说似乎更好，但从语感上说又似乎不及，因为“远眺”更合乎语感。因此，结构的对应既要考虑符合对偶句的音律规则，也不能忽视语言表达习惯，要综合考虑。

有人曾属文，指出某卫视春晚送给电视观众的一副春联“不成对”，说得很有道理。这副春联的对联是“千秋伟业，万众同圆中国梦；南水北调，一渠清水润京畿”。其中“千秋伟业”是名词性的偏正词组，“南水北调”是一个省主句，不成对；“同圆”和“清水”，“中国梦”和“润京畿”的结构也都不成对。且这副春联的横披是“劳动创造中国梦”，里面的“中国梦”和上联重了三个字，犯了上一节里说的关于“重字”的错误。

第四节　对偶句的语音

对偶句的语音，是指对偶句的语言音律规则，这里仅谈一些和春联写作有关的问题。

对偶句的语言是汉语普通话语言。汉语普通话一般一个字是一个音节，每个音节除了声母、韵母外，还都有音调。汉语的音调可以表达意义，这是汉语区别于其他语系语言所独具的特点。汉语普通话音节的音调有四种：比如hao这个音节，可以读成“蒿”，俗称第一声；也可以读成“豪”，俗称第二声；还可以读成“好”，俗称第三声；还可以读成“号”，俗称第四声。

这四种音调，音韵学上分别叫“阴平”“阳平”“上（读音同‘赏’）声”“去声”，简称为“阴阳上去”。“阴、阳、上、去”四调，在《汉语拼音方案》中规定分别用“—、／、∨、＼”四个符号来表示，使用时，分别标在拼音音节韵母主要元音的上方，如：hǎo。

如果根据或扬或抑的听觉感觉对四种音调进行了归类，可以一分为二。阴平和阳平有向上扬起的感觉，可称其为“平声”；上声、去声有向下抑制的感觉，可称其为“仄声”。比如“新春大吉”的扬抑状态就是“平平仄平”。在句子里，适当调换不同平仄音节的词语，再加之音韵和音节长短的恰当使用，能使诗文读起来抑扬顿挫、朗朗上口。

对音节的使用进行调配，是语言的艺术化方式之一。在本章第一节我们提到过，对偶句是语言精炼化的产物，源于诗歌语言，理由之一，就是组成诗歌语言和对偶句的音律，是经过调配音调的音节搭配的。

在读写实践中，对于音调及其音律的调配，人们总结了一些基本的经验。对对偶句来说，最主要的经验或原则就是“平仄相对”和“上收仄，下收平”两条。平仄相对是指两个句子相对应的字，在音调上是平仄相对的。比如“紫燕春风寻旧主，红灯瑞雪映新门”这副对联，上联是“仄仄平平平仄仄”，下联是“平平仄仄仄平平”，即对应字的平仄是相反相对的。所谓“上收仄，下收平”，说的是上联收尾要用仄调，下联收尾要用平调。这副对联上联尾字的“主”为仄声，下联尾字的“门”为平声，是合乎要求的。

但并不是所有的对偶句的平仄都像这个例子对得这么工整，有的对偶句并不是每个字的平仄都是相反相对的，但不能因此说它不合格。在很多情况下，它只要符合“一三五不论，二四六分明”这个口诀的要求，仍然是合格的。所谓“一三五不论，二四六分明”，是说每句的第一、三、五字，用平用仄都行，但第二、四、六字，一定要讲平仄，也就是上句平收，下句就要仄收，反之亦然。比如“福如东海常流水，寿比南山不老松”，调为“仄[①]平平仄平平仄，仄仄平平仄仄平”，两联第三字都为“平”调，不是字字相反相对的对偶句，但二、四、六却是平仄相反相对的，且两句尾字上仄下平，所以是合格的。

如果七言换成五言，那口诀就是“一三不论，二四分明”了。比如“东风吹柳绿，春雨润花红”这

① 春联、对联中有入声字的，现一般都应按仄声判。此联“福”为入声字，应作仄声判，而不按今普通话读音的平声调判。

个五言春联，它的平仄音律是“平平平仄仄，平仄仄平平”，虽然平仄不是字字相反相对，但二、四位对得分明，且上句尾收仄，下句尾收平，是合格的五言对偶句。关于“口诀”的适用性，我们在上面说过“在很多情况下”的限制性条件，这也就是说，有例外的情况存在，有些音律特殊的句子是不能用这个口诀来判别合格与否的。不过它之所以成为一个口诀，是因为适用的范围还是比较广泛的，可以应对的句子也比较多，所以在一般情况下是有用的，可以作为一个辨别手段来用。

这里还要提请注意的是入声字问题。根据中国楹联学会《联律通则》第八条的规定，判定声调的平仄目前实行的是“双轨制”。所谓“双轨制”，就是判别声调平仄既可遵循近古至今通行的《诗韵》旧声，也可以遵循现代汉语普通话的今声。由于《诗韵》旧声是包括入声字调的，所以不能把可按入声字判为仄声的字武断地判定为平声调，并因此判定其违反了对偶句的平仄规则。比如“为民当效黄牛力，报国壮怀赤子心”这联，按普通话音系，它的调为“仄平平仄平平仄，仄平仄平仄仄平”，第二字都为“平”，如果按“二四六分明”看，平仄未“分明”，是不合规则的；再比如“爆竹辞旧岁，清香请财神”这联，按普通话音系，它的调是“仄平平仄仄，平平仄平平”，第二字也都是平声调，看来也是不合规则的。但第一例的“国”和第二例的“竹”都是入声字，应为仄声，所以还是相反相对的，是符合对偶的音调规则的。不过《联律通则》补充说，在同一联文中只能使用一种标准，不能混用。比如“爆竹辞旧岁，酒食请财神”，按普通话判，第二字都为“平”声调，按《诗韵》旧声，第二字都是入声字，都为“仄”声调，因此都不合乎平仄相对的规则，但不能因此把第一个“竹”按普通话判为“平”声调，第二字按《诗韵》旧声判为“仄”声调（反之亦然），并认为其因此符合平仄相对的规则。

图2 贺竹元国画《年年有余》

第五节 《联律通则》

楹联作为一种独立的文体，自古以来就与书画有着密不可分的关系。但长期以来，楹联界和书画界在很大程度上习惯于套用诗律，没有一套自己的行之有效、易于掌握的联律。鉴于此，中国楹联协会正式发布了一个对当前楹联创作具有指导意义的《联律通则》。

据中国楹联学会有关专家介绍，中国楹联学会学术委员会在广泛开展讨论的基础上，遵循“求大同、存小异”“严而不死，宽而不滥”的原则，适时地制定了《联律通则》，这是我国楹联学术理论研究的重要成果，是楹联文化发展中的一件大事。应该说，《联律通则》的颁布，既是切合时代发展的需要，也是推动楹联文化事业蓬勃向上、健康发展的迫切需要。

《联律通则》是楹联学界制定颁布的一个学术性规范准则，它对于普及楹联文化知识，进一步提高我国楹联的整体创作水平，其意义深远、作用重大，对于书画家和书画爱好者来说，《联律通则》同样具有借鉴和参考意义。

为使读者更好地了解和学习对联（春联）创作的基本知识和规则，现将中国楹联学会2008年颁布的《联律通则》附录于此，供参考。

《联律通则》原文

引言

楹联的基本特征是词语对仗和声律协调。为弘扬国粹，我会集中联界专家将千余年来散见于各种典籍中有关联律的论述，进行梳理规范，形成了《联律通则（试行）》。在一年多的试行实践基础上，又吸纳了各方面的意见进行修改，制订了《联律通则》（修订稿）。现经中国楹联学会第五届第十七次常务会议审议通过，予以颁发。

第一章　基本规则

第一条　字句对等。一副楹联，由上联下联两部分构成。上下联句数相等，对应语句的字数也相等。

第二条　词性对品。上下联句法结构中处于相同位置的词，词类属性相同，或符合传统的对仗种类。

第三条　结构对应。上下联词语的构成，词义的配合，词序的排列，虚词的使用，以及修辞的运用，合乎规律或习惯，彼此对应平衡。

第四条　节率对拍。上下联句的语流一致。节奏的确定，可以按声律节奏“二字而节”，节奏点在语句用字的偶数位次，出现单字占一节；也可按语意节奏，即与声律节奏有异有同，出现不宜拆分的三字或更长的词语，其节奏点均在最后一字。

第五条　平仄对立。句中按节奏安排平仄交替，上下联对应节奏点上的用字平仄相反。单边两句及其以上的多句联，各句脚依顺序连接，平仄规格一般要求形成音步递换，传统称“平顶平，仄顶仄”。如犯本通则第十条避忌之（3），或影响句中平仄调协，则从宽。上联收于仄声，下联收于平声。

第六条　形成意联。形式对举，意义关联。上下联所表达的内容统一于主题。

第二章　传统对格

第七条　对于历史上形成的且沿用至今的属对格式，例如，字法中的叠语、嵌字、衔字，音法中的借音、谐音、联绵，词法中的互成、交股、转品，句法中的当句、鼎足、流水等，凡符合传统修辞对格，即可视为成对，体现对格词语的词性与结构的对仗要求，以及句中平仄要求则从宽。

第八条　用字的声调平仄遵循汉语音韵学的成规。判别声调平仄遵循近古至今通行的《诗韵》旧声或现代汉语普通话的今声“双轨制”，但在同一联文中不得混用。

第九条　使用领字、衬字、介词、连词、助词、叹词、拟声词，以及三个音节及其以上的数量词，凡在句首、句中允许不拘平仄，且不与相连词语一起计节奏。

第十条　避忌问题：

（1）忌合掌；

（2）忌不规则重字；

（3）仄收句尽量避免尾三仄，平收句忌尾三平。

第三章　词性从宽范围

第十一条　允许不同词性相对的范围大致包括：

（1）形容词和动词（尤其不及物动词）；

（2）在以名词为中心的偏正词组中充当修饰成分的词；

（3）按句法结构充当状语的词；

（4）同义连用字、反义连用字、方位与数目、数目与颜色、同义与反义、同义与连绵、反义与连绵、副词与连词介词、连词与介词与助词、连绵字互对等常见对仗形式；

（5）某些成序列（或系列）的事物名目，两种序列（或系列）之间相对，如，自然数列、天干地支系列、五行、十二属相，以及即事为文合符逻辑的临时结构系列等。

第十二条　巧对、趣对、借对（或借音或借义）、摘句对、集句对等允许不受典型对式的严格限制。

第四章　附则

第十三条　本通则作为楹联创作、评审、鉴赏在格律方面的依据。由中国楹联学会解释。

第十四条　本通则自2008年10月1日起施行。2007年6月1日公布的《联律通则（试行）》同时废止。

图3　范庆天国画《牛年春节》

第四章　春联书法

撇开春联的语言内容，春联的形式具有独特的艺术欣赏价值，这一艺术形式除了它以大红色的纸张和条形的框架作为门饰，营造出过年的喜庆氛围外，主要还在于它的文字。春联的文字，是用毛笔书写的中华书法字体，因而从这一角度说，春联无异于是中华书法艺术展示的一个平台。作为书法艺术的一种特殊的应用形态，春联既有一般书法艺术的特点，也有其不同于其他书法作品的独特之处。

第一节　春联书法概说

春联招人喜爱，除了大红的纸张、表情达意的语言、丰富的思想文化以及它的社会功能外，还有一个重要的原因，即它是书法艺术作品。

书法作品一般是写在纸上的，根据书写纸张和材料的不同形状以及用处，书法作品有许多功能和名称。有人总结出“中堂、条幅、条屏、楹联、手卷、横幅、册页、扇面、斗方、匾额”等十种传统形式。这样的分类和归纳是否合理另当别论，但从中可以看到书法作品的多样性，也就是说，从书法角度看春联，它仅仅是书法诸多作品形式中的一个种类。

尽管如此，既然都是书法作品，春联必然与其他书法作品有共同的特点；但同时也因为它是诸多书法作品形式中的一个类别，也必然有和其他形式不同的自身特点。我们要把春联作为书法作品来认识，那么就要认识春联与一般书法作品的共同点，更要认识它有别于其他书法作品的不同点。

作为日常词汇，“书法”这个词，经常在三个意义上使用：一个是用笔写字，比如“学习书法”“书法课”“书法工具”；第二个意思是指写出来的字，指书法作品，比如“书法鉴赏”“一幅书法”；第三个意思是指书法作品创作的经验和规律，即书写的法则，比如“书法艺术”。在第一个意义上，春联与一般的书法形式是一样的，即都是一种书写行为；在第二、第三个意义上，即作为作品和书写法则上，则异同点兼具。

外界关于书法的研究，目前为止主要是经验性的总结，涉及范围较多的是在技法和章法层面，涉及鉴赏，则多为意会性的比喻，少有规律性的揭示，故难以把握，有待于后续的研究。当然，这不是本书的任务。我们在此仅就春联书法的特殊性及其春联书法作品的鉴赏作一些探讨和介绍。

图1　贺竹元国画《五福临门》

第二节　春联书法法则

一般的研究认为，涉及书法法则的有笔法和章法两个方面。笔法中又有执笔和运笔两项，其中还有细分的诸项。章法也有两项，一个是字法，是对一个汉字来说的；还有一个是章法，是对书法作品的整体而言的。当然一个字也可以是一幅作品，但从章法说和从字法说是有不同的，字法说的是字本身、字的内部结构，章法却和这个字在书写材料上的布局有关。书法的“章法”，含义和文章学中的“章法”以及歌曲的“曲式”都一样，在文章学中，章法也是指文章整体的布局，从音乐说，就是歌曲的结构形式。

春联的书法也好，其他形式的书法也好，基本元素都是汉字，对单个的汉字来说，春联的书法并没有什么特殊区别于其他的书法作品的地方，也就是说，在笔法上没有特别之处。但是在章法上，还要注意不一样的地方。关于章法的一些规则，参考田英章《楷书技法浅说》的研究论文，加上我们的理解，归纳为以下四条。

第一，写春联的纸张尺寸要适当。适当首先指粘贴位置，比如粘贴在门上，就要和门的大小相匹配；适当的另一个意思是，因为春联包括横披在内一共有三联，其中的对联长短、宽窄要一致，横披的长短和字数有关，但一般要短于粘贴好的两副对联的外沿，宽度应和单副对联的宽度相仿，过长、过宽则头重脚轻、喧宾夺主，过短、过窄又和对联不协调。

第二，适当留白。留白就是留有空间，即对联文字上下两头和竖写文字的两边都要留出一定的空间，字与字之间也要有一定的字距。有说字内也要留白的，那是字的笔法问题，不属于章法范围。有的对联在写完竖行联后，还要落“穷款”，如果“穷款”成双，那上下两联外边的留白要稍多于里边，如果“穷款”成单，那就要在下联的外侧一边稍多留白，以避免落款后留白过少而产生的压抑感。

第三，整体布局要协调。这就要做到“六个一致”，即字体，字的大小，笔法风格，主文首尾，字距，行距，以及全联墨色都要一致。

第四，要有气韵。所谓“气韵”是感觉上的，要形成气韵，书写要“一气呵成”。“一气呵成”既指字的笔画，也指整体的字，还指整幅作品。不该停顿处停了，笔画就不流畅了，笔画和字间也就都少了呼应，就不能形成“气韵”。“一气呵成”之所以能形成“气韵”，是因为笔画、字体、作品整体形成了有机的联系，能感觉到“气韵”，也是因为看到了内在联系。

春联书法作品可加落款，也可不加落款。加落款的，有它不同于其他书法作品的特点，这就是除了联语外，落款有其特殊的要求。落款主要是指文字落款和印章。春联的文字落款俗称“穷款”，“穷”者，少也，就是用字节省，一般只有书写者姓名，至多加个书写日期。日期不能用阿拉伯数字，须用农历汉字。落款也为竖行字，字形大小一般不超过对联字体的四分之一，写在下联最左边的留白处，一般从对联文字的中间起字。落款的后面，也有加盖书写者印章的，加盖在文字落款之后。落款有单双之分，落于下联的是“单款”，有的书写者还有居首印章，盖在上联首字右边留白处。上有首印，下有落款的，叫“双款”。（如图2~5）

图2 无落款 （李聪聪 书）

图3　姓名单款　（瞿志豪　书）

图4　日期加姓名单款　　（姚振裕　书）

图5　首尾加盖印章以及有姓名日期的双款　（石　晶　书）

第三节　春联书法鉴赏漫谈

鉴赏，就是在鉴别中欣赏。对春联而言，广义的鉴赏，包含着不同的方面：可以是思想内容，可以是语言形式，还可以是文化类别。当然，个人背景、时代背景、历史背景等，也无不可以成为鉴赏的一个方面。春联的书法鉴赏，是把春联作为书法作品的鉴赏，而不涉及春联的其他方面，从这一角度说，它和一般书法作品的鉴赏基本是一样的。

鉴赏这个词，蕴涵着一个前提，因为“赏”就是欣赏，只有好的东西，我们才称其为欣赏，这就是说，我们用鉴赏，就已经肯定对象是好的，只是好在哪里要去鉴别一下。但是对于我们原本还没有认识的作品，就先肯定是好的，这是不合适的。所以有研究者对此不用“鉴赏”，而用“批评”这个词，把批评作为一个中性词语，以表达对于作品的评价，这是有道理的。

鉴赏也好，批评也好，都需要对作品有认识，有了认识以后，才能判定作品的好与不好，或者说，哪些是好的，哪些还不够好，也才能判断作品的风格类型，从而能够对作品有深切的体验并作出恰当的评价。但是，正如我们在第一节中指出的那样，关于书法作品的鉴赏和批评，目前理论的研究还很少，因此缺乏较为客观的评价标准，所以鉴赏批评主要还是来自于个人的经验，难免见仁见智，对于缺乏经验者来说，则更是勉为其难。

我们觉得，任何鉴赏或批评，首先要知道鉴赏或批评的对象是什么。把春联作为书法作品，鉴赏或批评的对象有三个方面：一个是字，一个是章法，另外一个就是整体风格。

我们先说字。字有体，体就是字的形态，简称为字体。书法上常用的汉字字体有五种，按习惯排列就是篆、隶、楷、行、草。除此以外，甲骨文，以及金文等大篆字体，也有被用于书法作品的。

字体的区别，主要是笔画和字形的不同特点造成的。比如甲骨文的瘦硬坚劲、大篆的刚柔兼具、小篆的圆润一致、隶书的燕尾蚕头、楷书的永字八法、行书的笔画联系、草书的使转飞动等，是笔画上的不同特点；而甲骨文的变中有则、篆书的象形整饬、隶书的扁化规齐、楷书的方正求范、行书的顾盼呼应、草书的错综参差等，是字形上的不同特点。

笔画和字形上的特点，构成了字体的特点，是否合乎这些特点，即写出来的字成不成体，是鉴赏和批评书法作品的一个方面。当然，在书法实践中，是容许个性体现和有所创新的。个性体现就是对某种字体的个性化改变，创新就是创造出有别于已有字体的新字体。个性体现也好，创造新字体也好，都是笔画和字形的变化。从鉴赏和批评的角度说，就是看它能否因笔画和字形的改变而形成独立的特点和风格。（如图6~13）

"德"字的各种书法字体

图6　甲骨文书法字体

图7　大篆书法字体

图8　小篆书法字体

图9　隶书书法字体

图10　楷书书法字体

图11　行书书法字体

图12　草书书法字体

图13　个性化书法字体

章法，除了上一节的有关规则外，从鉴赏和批评的角度说，要补充的就是单个字和整体作品的关系。因为单个字在作品中尽管字体特点保持不变，但还是会受到整体的某些牵制，比如字形大小的变化。这类变化从某种意义上受作品整体有机性和观赏性的影响。这类特点在行草书作品中较多，因为草书作品的字间变化联系更为紧密，大小参差更为明显，作品整体上错落有致、摇曳多姿。

最后说说风格。如果说字和章法有优劣之分，那么风格只有不同而没有优劣。我们不能说典雅的优于古朴的，雄浑的优于婉约的，宁静的优于灵动的，等等。因为风格是事物多样性的反映，鉴赏书法作品的主要任务就是通过对作品的视觉观察，能够体验到作品的风格，以至能够区别不同作品的不同风格。

决定书法作品风格不是别的，而是作品本身，即书体（书法的字体）和由书体构成的作品整体。书体和作品整体是怎样的，作品的风格就是怎样的。那么书体和作品整体的哪些因素是需要关注的呢？它又是怎样影响到作品的风格的呢？

书法作品是视觉艺术，我们可以通过眼睛的观察，判别它的书体和整体符合以下哪些特征。这些特征是：静动、粗细、长短、浓淡、刚柔、强弱、润燥、尖圆、收放、疏密、雅朴等。我们对这些两两相对的特征节选一部分略加阐释，并分析这些特点对于作品风格形成的作用。

（1）静动，就是静态和动态。从书体说，行、草书笔画连贯，动态特征明显，其他字体来说则为相对静态；动静既体现于书体，也体现于作品整体，当然篆隶书正文和落款字体也有用行草书的，其作品整体也是具有动态特性的。所以书体是行、草体的，那么作品整体也具有动态性特征。

行书和草书的笔画是连贯的，草书更甚。它们和篆书、隶书、楷书一笔一画不同，也就是说，前者的笔画数因为简省而减少，和字典规定的笔画数不符合。笔画上的这种特点、就使得这两种字体的书法作品动感性更强。对比一下篆、隶、楷书的作品，这种相对静态的特征就更明显。

（2）粗细，长短、浓淡、刚柔、强弱、润燥、尖圆、收放，多指书体笔画的特征。粗细，指笔画横向的宽窄度；长短，指笔画纵向的延伸度；浓淡，指笔画墨色的深浅度；刚柔，指笔画纵向的弯曲度；强弱，指下笔的着力度；润燥，指笔画用墨的枯湿度；尖圆，指笔画毫端的尖锐度；收放，指笔画尾端的肆意度。

（3）疏密和雅朴，既指作品整体，也指个别书体。作品整体的疏密，指作品全部书体纵横排列的密度；个别书体的疏密，指书体笔画排列的密度；雅朴，既指作品整体装饰度，也指书体的装饰度。

我们不难看到，这些特点都是作品外在的特点，是容易感觉到的区别，其实风格本身也是作品给人的外在印象，就像人有粗犷、纤柔，直率、含蓄，雅致、粗略，躁动、文静等风格区别一样。人们对不同风格的认识，是通过人的外表、言谈举止得到的，对书法作品风格的认识，也是通过作品外在所显示的特征得到的。这些特征即是上述所指两两相对的特征。

一幅书法作品或一副春联，如果说它有厚重、雄浑感，让人用大漠孤烟来比喻它的风格，这种判断来自于我们看到的书体的特点，多半是因为书体的笔画线条往往比较粗壮、墨色较深、笔力也较重，整体上显示为雄强朴茂。

相反，如果笔画线条较为纤细、笔势比较柔润、力度和收笔都是有所控制的，且书体感觉清丽、婉约，那么可以用小家碧玉之类的比喻来形容它的风格。

同样的，奔放、流畅、洒脱、肆意的风格可能来自这些特点：比如书体为动态的行、草书体，笔画粗细相间、刚柔相济、强弱有致，笔形润燥、浓淡、尖圆兼具，收笔肆意。如果笔画较为圆柔，收笔不肆不流，作品往往有宁静、雅致、含蓄的风格。

同样的，雅致和古朴的风格也与书体的笔画和字形特点有关。雅致与古朴，就像人是否化过妆一样，可以从装饰程度来判别。从书体说，甲骨文限于刻写工具和字体还未规范化等原因，所以笔法直线较多，笔画比较尖利，字形结构不稳定，字形大小也不一致，整体布局也不平衡，少有刻意的装饰性，常现于用甲骨文写的书法作品，显示为朴实的风格。相反，篆书、隶书、楷书这三类字体，作品书体大小、字距均衡，结构正襟危坐，上下左右对举平均，笔画特点一致，显示出规范化的特点，装饰性比较强，该类书法作品就显得比较雅致，有贵族韵味。

这些不同的风格特点，有些是对立的，即有非此即彼的性质，比如，动态的就不是静态的，雄浑的就不是婉约的，奔放的就不是宁静的。但是一副对联作品，并不仅仅是两种性质的对立，可以是雄浑的动态，也可以是婉约的动态；宁静风格的作品，可以有雄浑、婉约的内在风格，古朴的作品，可以有动态、静态的一般区别。总之，一副具体的春联书法作品的风格，不仅可以和对立风格相区别，也可以有非对立元素同时存在。

至于有的书法理论谈到的，书法就是生命、内含作者的情感、心绪的律动之类的说法，也可以通过联想来体验。因为任何作品都是人在某种意识、情感的驱使下形成的，都是受人的意识支配的肢体动作的产物。但如果缺少方法和途径的揭示、指引，也就难以形成规律性的认识。

第四节　生肖春联书法作品选赏

一、生肖春联书法作品鉴赏

十二生肖春联书法作品见图14~25。

图14　鼠年春联　豖去鼠来新换旧　星移斗转腊迎春　（余　庆　书）

图15　牛年春联　灵鼠跳枝月影晃　春牛耕地谷香飘　（杨金明　书）

图16　虎年春联　虎添双翼前程远　国展宏图事业新　（黄福霆　书）

图17　兔年春联　山君越涧辞旧岁　玉兔衔桂迎新春　（陈国祥　书）

图18　龙年春联　虎啸一声山海动　龙腾三界吉祥来　（唐超良　书）

图19　蛇年春联　金蛇披彩迎春到　喜鹊喳喳幸福来　（杨金明　书）

图20　马年春联　春风万里群蛇舞　笑语千家入马年　（王　颀　书）

图21　羊年春联　马蹄腾瑞雪　羊角触红梅　（范庆天　书）

图22 猴年春联 花果飘香美哉乐土 猴年增色岂换人间 （李宝坤 书）

图23　鸡年春联　鸡鸣天放晓　政改地回春　（归水民　书）

图24　狗年春联　鸡鸣天上登仙境　犬入雪中唤宝山　（纪增军　书）

图25　猪年春联　阳春臻六顺　猪岁报三多　（严治俊　书）

二、生肖春联选粹

子（鼠）年

苍松随岁古　子鼠与年新

春潮传喜讯　鼠岁报佳音

豕去春无限　鼠来岁有余

子年春到户　鼠岁喜临门

龙国群英兴伟业　鼠须彩笔绘蓝图

一纪开端共迎金鼠　三春肇始同举玉杯

丑（牛）年

猪肥牛壮家家乐　燕舞莺歌处处春

辞旧迎新除硕鼠　富民强国效勤牛

鼠去牛来欣大治　龙腾虎跃奋新程

鼠去牛来辞旧岁　龙飞凤舞庆新春

绿柳摇风燕织锦　红桃沐雨牛耕春

新岁牧歌需纵洒　黄牛奋起不着鞭

寅（虎）年

一代英豪生虎气　三春杨柳动莺歌

迎春节莺歌遍地　兴中华虎劲冲天

黄牛虽去精神在　猛虎初来气象新

金牛送旧千家乐　玉虎迎新万户欢

虎跃龙腾九州焕彩　风调雨顺五谷丰登

紫气东来江山如画　红旗招展龙虎扬威

卯（兔）年

虎去雄风镇五岳　兔生瑞气秀三春

虎啸群山辞旧岁　兔奔匝地庆新春

兔跃千山传喜讯　龙腾万里展英才

东升玉兔华光艳　崛起神州国色新

春回大地百花吐艳　兔跃青山万物生辉

春归月殿钟催玉兔　誉满中华鼓舞金龙

辰（龙）年

龙腾虎跃闹春意　人寿年丰谢党恩
爆竹声声辞兔岁　春风阵阵接龙年
龙腾虎跃春光好　鸟语花香世纪新
动地惊天龙气象　锦山绣水凤文章
中华民族龙传世　百鸟成群凤向阳
中华儿女鲲鹏志　祖国江山龙虎姿

巳（蛇）年

笔走龙蛇资雅韵　诗题福寿贺新春
大展宏图华夏伟　新开世纪小龙飞
大治山河铺锦绣　小龙日月更辉煌
当代英雄驱虎豹　崭新世纪舞龙蛇
丰年盛景龙蛇舞　新岁春光彩蝶飞
龙去蛇来吟古韵　莺歌燕舞谱新章

午（马）年

马腾改革路　国展富强图
马跃康庄道　人迎幸福春
三春播喜气　万马荡雄风
三春开盛纪　万马闯雄关
神鞭催骏马　祖国壮金瓯
祥蛇摆尾迎春去　快马加鞭纳福来

未（羊）年

骏马四蹄击鼓　羚羊双角开春
马啸英雄浩气　羊鸣世纪春光
马年事事如人意　羊岁时时报福音
马首关情吟妙句　羊毫随意绘新图
马蹄踊跃驰千里　羊角扶摇上九霄
神骏回眸丰稔景　灵羊翘首吉祥图

申（猴）年

满园春色关不住　两岸猿声报喜来

猴喜满园桃李艳　岁迁遍地春光明

金猴玉兔弄春色　紫燕黄莺弹妙音

花果飘香美哉乐土　猴年增色换了人间

金猴献礼家家顺利　玉燕嬉春九州铺锦

羊年六畜兴旺五谷丰登　猴年九州欢歌四化辉煌

酉（鸡）年

猴岁呈祥　鸡年纳福

鸡鸣晓旦　燕舞阳春

鸡鸣天放晓　政改地回春

腊狗汪汪歌舜日　雄鸡喔喔颂尧天

大圣辞年万里河山留瑞霭　雄鸡报晓千家楼阁映朝晖

大业方兴五星旗展金鸡唱　小康在望四化图开彩凤飞

戌（狗）年

金鸡报喜翩翩去　玉犬衔财旺旺来

贺岁欣端鸡尾酒　迎新喜捧狗头金

鸡犬相闻桃源小胜境　星汉飞度复兴大中华

保护自然，新年犬旺人天地　平衡生态，中国春添美善真

花团锦簇，红梅怒放新时代　科技腾飞，玉犬喜登大舞台

不忘初心，金鸡奋进新时代　勇担使命，玉犬勤追大目标

亥（猪）年

亥时春入户　猪岁喜盈门

猪是农家宝　龙为中国根

狗护千祥追日去　猪拥万福驾云来

人逢盛世情无限　猪拱华门岁有余

恰逢盛世猪如象　喜庆新春鱼化龙

昨夕犬年欢歌迎大地　今朝猪岁新景满神州

第五节　不同风格的春联书法作品鉴赏

一、厚重、雄浑、刚劲的风格

厚重、雄浑、刚劲风格的春联书法作品见图26~33。

图26　苍松多寿色　翠竹满园春　（周志高　书）

图27　愿持山作寿　常与鹤为群　（唐超良　书）

图28　春风柳上归　寒雪梅中尽　（谢　烨　书）

图29　黄莺鸣翠柳　金鼠恋苍松　（张　信　书）

图30　岁月更新人永健　江山如画景长春　（张伟江　书）

图31　福　（孙　进　书）

图32　福　（张伟江　书）

图33　寿　（严治俊　书）

二、清丽、婉约、隽永的风格

清丽、婉约、隽永风格的春联书法作品见图34~40。

图34　门迎春夏秋冬福　户纳东西南北财　（陈　宝　书）

图35　三阳开泰财源广　六合荣春生意兴　（金海强　书）

图36　梅传春信寒冬去　竹报平安好日来　（罗　芸　书）

图37 黄山松鼠跳 子夜阳春来 （杨金明 书）

图38　子夜岁交替　鼠年春更新　（范庆天　书）

图39　九州瑞气迎春到　四海祥云降福来　（李荣安　书）

图40　红梅含苞傲冬雪　绿柳吐絮迎新春　（杨昌雷　书）

三、奔放、洒脱、流畅的风格

奔放、洒脱、流畅风格的春联书法作品见图41~46。

图41　三春花雨润庚岁　十亿神州庆子年　（王培南　书）

图42　恭喜发财财到手　迎春接福福满堂　（陈敏超　书）

图43　麟角凤毛增国誉　鼠须妙笔点春光　（葛俊生　书）

图44　读书破万卷　落笔超群英　（柏富昌　书）

图45　飞雪迎春到　心潮逐浪高　（黄福霆　书）

图46　花开富贵合家乐　灯照吉祥满堂欢　（陈　强　书）

四、古朴、归真、自然的风格

古朴、归真、自然风格的春联书法作品见图47~50。

图47　室雅何须大　花香不在多　（王廷林　书）

图48　望远文犹在　民和德乃明　（马绍文　书）

图49　好风宜吉日　膏雨喜丰年

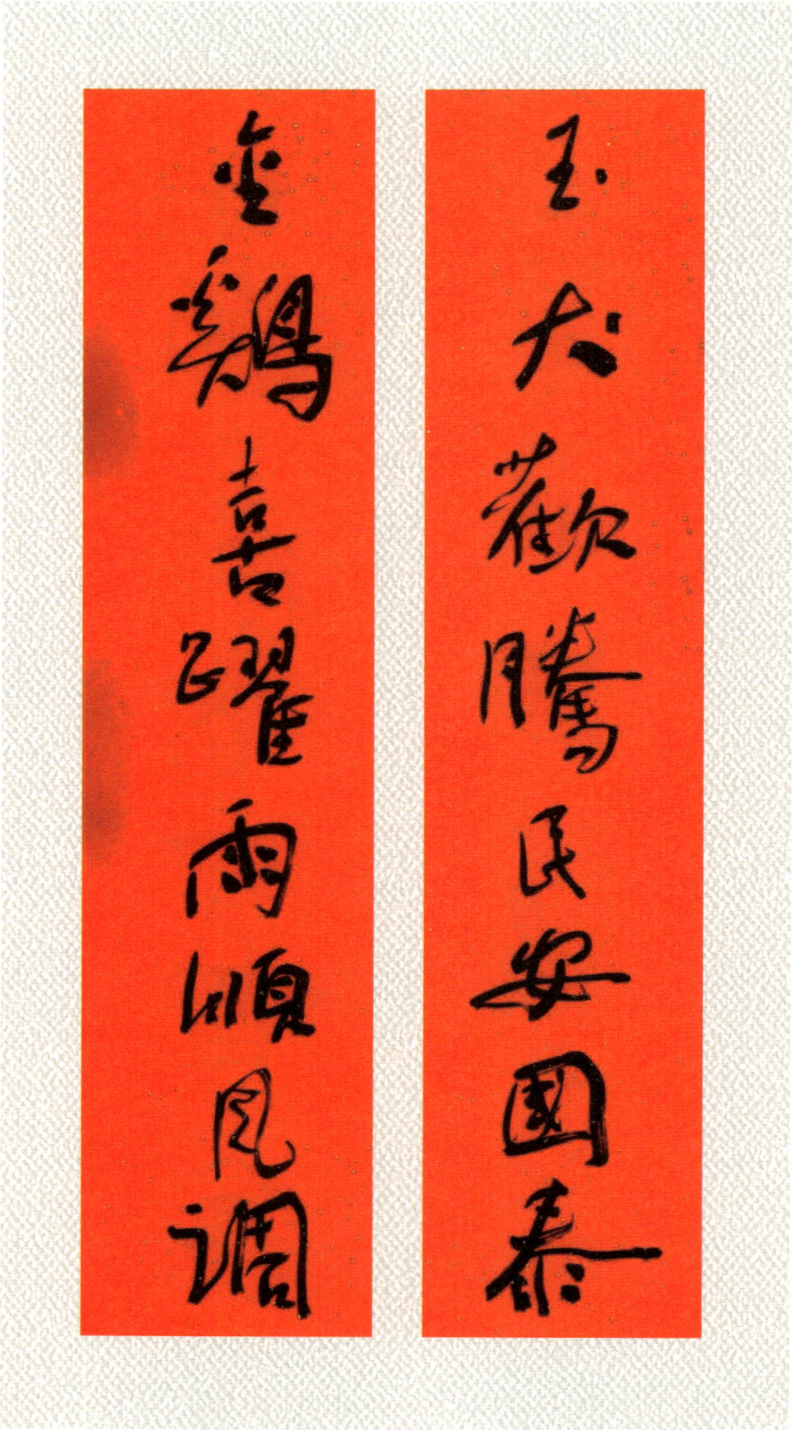

图50　玉犬欢腾民安国泰　金鸡喜跃雨顺风调

第五章　春联功能

春联的基本功能就是它的节日符号功能，也就是说，贴写春联是为了庆祝春节的，春联象征着春节，代表着春节。除此以外，春联已有、还有和应该有许多衍生功能，比如它的人文、社会功能。作为节日象征的符号和语言、文化、艺术的载体，我们应该尽量利用和开发春联的功能，使其在祖国建设和人民生活中发挥更大的作用。

第一节　春联的基本功能

春节是辞旧迎新的时刻，也是人们产生期待、希冀和喜庆心理的时刻，这是春节的意义。春节的这个意义有多种外化形式，春联是其中之一。春联有代表、象征春节意义的功能，这是春联的基本功能。

春联就是因为这个功能而产生的。不论第一副春联是唐人刘丘子的“三阳始布，四序初开”，还是五代十国后蜀末代皇帝孟昶的“新年纳余庆，嘉节号长春”，都是为表达春节的意义而产生的。也就是说，如果不是为了庆祝春节，不是为了表达因春节来临而产生的特殊心态，也就不会有春联的产生和它的后续存在了。

当然，具有代表、象征春节功能的，不仅仅只有春联。用来庆祝春节的剪纸、窗花、年画、挂历、贺年片、寿星佬……鞭炮、烟花、灯笼、中国结……以及扭秧歌、踩高跷、打腰鼓、舞狮子……乃至于各地以及中央电视台的春节联欢晚会等等，也都有代表、反映和象征春节意义的功能，也都有春节的符号性质。

各种春节符号都带有民俗性特点。所谓民俗，就是民间习惯，没有哪一朝哪一代规定过年一定要吃饺子、贴春联，所以民俗都是老百姓自发自愿的行为，是遵从民间集体习惯的做法。尽管朱元璋发过贴春联的御旨，但主要作用还是倡导，是对民俗的肯定与强调。春联也一样，它是一种民间习惯，是老百姓过年的一种表达方式，所以也是有民俗性的。

春节是中华民族的节日，具有全民性。在世界任何角落，只要是中华民族的子孙，对春节都有共同的心理情结。比之其他春节符号，春联使用最广泛，是家家户户的首选。其他的春节符号可以有，也可以没有，但春联一般不可以没有。春联的广泛性，使其最能代表春节，最能反映春节的全民性。

形成春联基本功能的还得益于它的形式特点。

首先，春联和某些春节符号一样，把春节喜庆的属性赋予在颜色的选择上，它是红色的。红色象征着红火，这是中华民族对于它的颜色属性的心理认同。基于这种认同感，中国春联用纸选择大红色，这就把春节的意义传达出来了，就把辞旧迎新时刻的社会心理特征——对来年红红火火的满满期待表达出来了！

其次，还表现在语言工具的使用上，语言的运用是春联所独具的特点。由于运用了语言，春联基本功能的作用更大、更充分，成为最具表达力的春节符号。春联这一特点的利用，使春联的符号形象更加丰满，其基本功能得到了更充分的发挥，更能反映春节的意义，因而更能代表春节。

最后，春联粘贴的位置使其符号功能得到了最大的发挥。春联是贴在门上的，门是家庭与社会的界限，人们把春联贴在大门上，是敞开心扉、面向社会的行为，是与社会的交流和沟通。家家户户同时贴上春联，无异于反映了人们对于春节意义认同的心理一致性。从某种意义上说，把春节的意义及人们社会心理的共同性表达出来，并营造出“普天同庆”的节日氛围的，是春联的粘贴位置。

春联的基本功能所具备的民俗性、广泛性以及春联形式上的特点，使其最能代表春节，因此，在某种意义上，春联是春节符号中的符号。

第二节　春联的人文功能

历史悠久的春联，是语言、文化和艺术的载体，是中华文化的积淀，是一种可利用的资源。把它用作教育，就使春联具有了人文功能。

人文，就是人的文化，就是人从“无文”向“有文”的变化。这种变化是在个体的人身上发生的，因此，从对象说，人文是关于个体人的文化。中国的传统教育，主要是人文教育，它指的是个人的修身养性、个体的教化，和这有关的学科，就是人文学科，这样的教育，就是人文教育。它和社会科学有所区别，后者研究的是人的群体关系，比如政治、经济、文化、法律、民族一类。

我国古代学校的学科设置，直到晚清还保持着单科包抄的传统体制，其中占据首席课位的就是有数千年传统的语文课。语文课，着眼于作为个体的人的教化，培养的目标是德学兼备。蒙童自幼读书，到进入社会，在“离经辨志”“敬业乐群”“博习亲师”“论学取友”以至达到“知类通达、强立而不反”的整个学习、成长过程中，既有语文能力的培养，也不乏人文素养的教育。

在第三章第一节“对偶句的形成”中，我们谈到属对的方法。属对是语文学习的早期阶段，它是用对对子的方法，培养学生的写作能力。写作能力的培养，往往是读写相结合的，学生一边阅读、背诵大量韵语文学教材，一边练习对对子、写对联和近体诗的方法，这就使得他们接触到内容丰富的对联文化，在提高韵文写作能力的同时，也在耳濡目染、潜移默化中接受了人文熏陶。

除了语文课里用对联外，在古代的家训门风文化里，对联也是人文教育的手段和方法。比如朱柏庐的《治家格言》，其中大量的语句，都是用对语来表述的。类似“一粥一饭，当思来处不易；半丝半缕，恒念物力维艰”“居家戒争讼，讼则终凶；处世戒多言，言多必失”“善欲人见不是真善；恶恐人知便是大恶”“人有喜庆，不可生妒忌心；人有祸患，不可生喜幸心”的对言联语俯拾皆是、深入浅出，有许多已成为民间的成语格言而广泛传播，堪称人文教育的经典文本。

这还表现在对子女的教化上。比如官至礼部尚书的明代进士孙升，三个儿子沉迷酒色，其母心急，百般教育之余，还以挂于堂上的“爱惜精神，留此身担当宇宙；蹉跎风月，将何日报答君亲”对联教儿。林则徐也有一副训子联写道“子孙若如我，留钱做什么？贤而多财，则损其志；子孙不如我，留钱做什么？愚而多财，益增其过”，语言通俗，含义深刻。

不仅官员和普通家庭如此，皇室也是如此。末代皇帝溥仪的父亲醇亲王载沣，有一副深入浅出、富有哲理的诫后对联，上联是“财也大，产也大，后来儿孙祸也大，若问此理是若何？子孙钱多胆也大，天样大事都不怕，不丧身家不肯罢”，下联是“财也小，产也小，后来儿孙祸也小，若问此理是若何？子孙钱少胆也小，些许小业知自保，俭使俭用也过了”。对联用作门风家训和子女教育，在古代比比皆是。这些对语简洁、含义深刻的对联，将人文教育功能发挥得淋漓尽致。

现代语文课和教材里，也不乏春联对联的教育。比如中国楹联协会通过命名楹联教育基地的方式，来推进课堂楹联教育的做法，就是期待更好地发挥楹联的人文教育功能，教材也是。除了第一章里例举的《北京的春节》的语文课文外，还见有苏教版四年级的《春联》，长春版六年级的《贴春联》和《狱中联欢》几篇。其中的《狱中联欢》选自长篇小说《红岩》，叙述了新中国建立前夕，被关押的革命者狱中过春节的事儿。他们写的如“洞中才数月，世上已千年”等多副春联，表达了乐观的革命精神。课程和教材，成为春联人文功能的载体和媒介。

春联的人文教育功能还体现在文娱作品中。比如著名相声演员马三立表演过《对春联》《对对子》的相声作品。以春联创作为题材，通过风趣幽默的语言，寓春联的人文教育功能于人民群众喜闻乐见的相声形式里。

还比如一首歌曲叫《贴春联》的，其中歌词写道：“舞龙灯、放鞭炮，瑞雪飘飘大年到。家家贴呀贴春联，贴了门前河水滚滚流，贴上户后青山步步高。红红的春联把春报，红红的灯笼新年俏……”

这些通俗而又为老百姓喜闻乐见的文艺形式，让老百姓在娱乐之中，潜移默化地受到了人文熏陶，使春联的人文教育功能在更广泛和普及的范围中得到了发挥。

图1　范庆天国画《牧歌》

第三节 春联的社会功能

与春联的人文教育功能相对的就是春联的社会功能。作为一种社会文化资源，随着社会的发展和人民群众对于文化的需求，春联的社会功能应该得到更为广泛的开发和利用。

作为一种民俗文化现象，在相当长的历史时期内，或者说在我国改革开放以前，春联大多处于一种民间自然发展的状态。文人也好、老百姓也好，他们创作春联、书写春联乃至于张贴春联，基本都是自发的，政府及相关组织也少有倡导或干预。

近40年来，我国进入了一个伟大变革的时期。随着经济建设的迅速发展，人民生活水平的日渐提升，思想文化领域的百花齐放，社会面貌充满朝气，国家正朝着实现伟大中国梦的目标迈进。

也正是在这个时期和过程中，春联文化有了新的发展和变化。在老百姓继续自发地利用春联来表达对于时代的赞美和家国情怀的同时，政府有关机构和群团组织，中国楹联学会以及各地书法家协会、书画协会等机构也积极参与和组织开展了多方面活动，为春联文化的繁荣和春联社会功能的开发利用创造了条件。

发挥春联社会功能的普遍做法之一，就是使其成为一种社会公益活动，它的具体表现之一就是有组织地为人民群众书写春联。参与这类公益活动的志愿者，通常都是由相关组织经过挑选的书法家或有一定造诣的书法艺术爱好者，由于他们书写的春联具有更高的艺术性，这就为满足人民群众对于春联艺术作品的需求创造了条件，因而这类公益活动为公众所喜爱。同时，这项公益活动的开展，通常都是由书法家协会、书画协会等机构或政府基层部门或社会群团所组织的，从某种意义和一定程度上，它代表着社会公众形象，这就使本为民俗性的书写春联活动，变为传达社会关爱的纽带和桥梁，成为社会心灵沟通的平台，成为党和政府与人民群众心灵沟通的载体。

这些活动大体包括以下方面：（1）开展春联、楹联书法作品的征集、评选和比赛活动；（2）开展春联书法作品的展示活动；（3）开展送春联活动；（4）编辑出版有关春联、楹联文化的书籍；等等。

春联社会功能的开发和利用，推进了春联文化繁荣与健康发展，推进了春联艺术的传承与创新，使其在实现伟大中国梦的事业中发挥着应有的作用。

一、中国楹联学会及有关分会开展的送春联活动一瞥

楹联学会开展送春联活动，如图2~5。

图2　中国楹联学会粤港澳大湾区的送春联公益活动

图3　2017年1月14日辽宁省营口市楹联学会在万达广场举办为市民书写春联活动

图4　2020年1月4日，湖北省恩施土家族苗族自治州巴东县诗词楹联学会的书法家，在野三关镇招凤台村为村民书写春联

图5　2020年春节，在金山区渔村渔家湾举行上海市文学艺术界联合会、中共上海市金山区委宣传部主办的第三届上海春联大会暨上海百位书法名家现场书写春联迎新活动

二、上海政府基层组织和群团开展的送春联活动一瞥

上海政府基层组织和群团开展送春联活动，如图6~11。

图6　2019年1月21日上午，上海嘉定区江桥镇封浜村开展了以“迎新春、写春联、送春联”为主题的志愿服务活动，为辖区村民书写并贴春联

图7　上海青年志愿者上门贴春联

图8　上海市书法家协会志愿者为公众书写春联

图9　上海基层党组织的党员志愿者为社区居民书写春联

图10　2021年春节，上海共青团的“青春爱岗”行动志愿者在北外滩的一个在建重大工程工地，为务工青年送春联，为工地、站点增添了节日喜庆

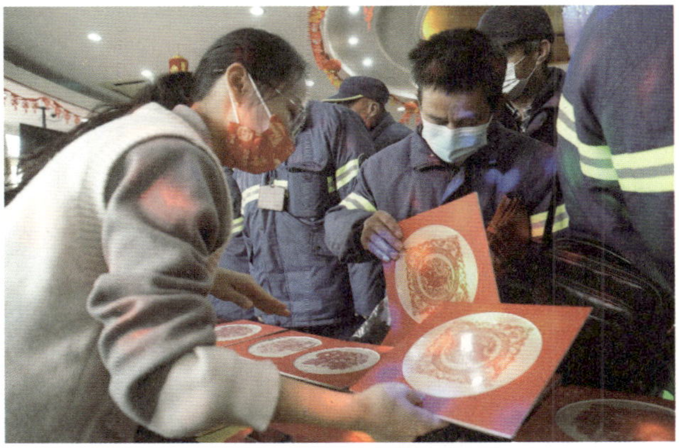

图11　2021年1月，在上海市总工会指导下，上海市工人文化宫携手浦东新区、徐汇、长宁、普陀、宝山、松江、青浦等区总工会，临港集团工会等，通过线上派送、线下定点派发和走访慰问等形式送上万副春联，为全市职工尤其是留沪外来建设者们送上新年祝福

第四节　上海教工书画协会的送春联活动

上海教工书画协会是上海市教育工会领导的群众性的文化团体。多年来，协会在挖掘、发挥春联的社会功能方面作了不懈的努力。从2014年始，每年春节前，上海教工书画协会在市教育工会的支持下，获得市慈善基金会、团市委、市妇联以及区县教育工会和书画分会等组织的支持，共同举行春节送春联的公益活动，至今已有7年。他们还创造了自2016年以来、至今已持续有6年的以“温暖送三岛”为题的送春联特色活动。2020年和2021年的春节，还首次举办了网上送春联活动，将这一活动扩展到本市高校广大教职工群体。

一、历年来的送春联活动举凡

历年送春联活动举例，如图12~23。

图12　2015年春节前夕，上海教工书画协会联合上海市慈善教育培训中心邀请获得女子世界长跑冠军的选手与资助学校的学生交流。学生们把长跑运动的对语口号写成了春联，送上春节的祝福

图13　2016年1月9日，上海教工书画协会组织市教育系统部分书法家到崇明区江帆小学送祝福写春联

图14　2018年2月12日，上海教工书画协会组织市教育系统部分书法家到上汽集团安吉物流有限公司书写春联送祝福

图15　2019年12月28日，上海教工书画协会组织市教育系统部分书法家到天风证券营业部书写春联，送上新春祝福

图16　2019年12月28日，上海教工书画协会组织市教育系统部分书法家到金山区石化香颂湾社区，为群众写春联，送上新春祝福

图17　2020年1月13日，上海教工书画协会组织市教育系统部分书法家到著名的“南京路上好八连”部队写春联，送上新春祝福

图18　书写春联活动受到部队官兵欢迎

图19　2020年1月8日，上海教工书画协会组织市教育系统部分书法家到浦东新区祝桥镇新如村为居民群众写春联

图20　2020年春节，上海教工书画协会为中国人力资源开发研究会部分省会长和秘书长喜送春联

图21　2021年2月，上海教工书画协会赴上海曹森木业有限公司开展的书写春联活动

图22　2021年春节前夕，上海市慈善教育培训中心负责实施的由法国有关机构助学的曹杨职校外地青年厨艺培训班结束，法国驻中国大使从北京赶来参加学生的毕业典礼，上海教工书画协会为其送上中国的春联和福字

图23　法籍来沪参加青年厨艺助学活动的高风熙老师，把上海教工书画协会送给她的春联贴上了她在法国的家门上，图为其母亲在贴着春联的家门口留影，并将图片传回，以示对中国春节的祝福

二、“温暖送三岛”——送春联特色活动咀华

“温暖送三岛”——送春联特色活动，如图24~41。

图24　2016年1月，猴年新春前夕，上海市慈善基金会、上海市教育工会联合主办的第二十二届“‘蓝天下至爱’——上海教师书写春联送三岛”活动在崇明县城桥镇社区文化活动中心举行

图25　书法家和书法爱好者为城桥镇的中小学生书写春联

图26　书法家和书法爱好者等志愿者春联书写现场

图27　居民收获春联，充满喜悦

图28　2017年1月，农历鸡年春节前，第二十三届“‘蓝天下至爱’慈善活动——上海教师书写春联送三岛”活动举行

图29　书法志愿者和居民合影

图30　2018年狗年春节前，举行了第二十四届“‘蓝天下的至爱’慈善活动——温暖送三岛”活动

图31 2019年12月，鼠年春节前，第二十六届“‘蓝天下的至爱’慈善活动——温暖送三岛”活动在崇明城桥镇举行

图32 上海慈善基金会副理事长吴秋珍在第二十六届“‘蓝天下的至爱’慈善活动——温暖送三岛”活动开幕式上致辞

图33 参加送春联活动的领导、书画家志愿者

图34 崇明区城桥镇社区文化活动中心举行送春联、送祝福活动现场

图35 活动现场，有关领导和书法家志愿者与居民交流

图36 上海市教育工会副主席吉启华（左2）、上海慈善教育培训中心副主任严治俊（左1）、上海第二工业大学工会常务副主席沈晓峰（右1）等领导为城桥镇居民送春联后合影

图37　2020年1月8日，上海教工书画协会组织市教育系统部分书法家到浦东新区祝桥镇新如村写春联

图38　2019年12月，上海慈善教育培训中心举办的第一届“汇丰杯”上海青年就业技能提升项目（机械加工）技能比武大赛颁奖典礼在长兴岛江南造船厂职业技术学校举行，借此契机，第二十六届“‘蓝天下的至爱’慈善活动——温暖送三岛”活动延伸到典礼现场（学生们观赏鼠年春联作品）

图39　领导、书法志愿者和获奖学生合影，共同祝贺庚子年新春佳节

图40　2021年2月2日在崇明长兴岛长兴镇光荣村等地举行了第27届“‘蓝天下的至爱’慈善活动——温暖送三岛”活动

图41　参加2021年2月2日在崇明长兴岛长兴镇光荣村等地“‘蓝天下的至爱’慈善活动——温暖送三岛”活动的部分领导和书法志愿者的合影

三、培育教工书写志愿者团队

上海教工书画协会送春联活动持续稳定地开展，还得益于协会拥有一支富有朝气的教工书画队伍。这支队伍的不断成长壮大，与协会多年来致力于队伍的培育不无关系。

教工书画队伍建设工作主要通过比赛活动和举办业务培训班的途径进行。自2014年起，协会每年举行一次市教育系统的黑板报、教学板书、硬笔和毛笔书法以及中国画比赛活动，至2020年已持续了7年。通过相关的大学书画协会、区县教育工会和教工书画分会组织，较为广泛地发动和鼓励教工积极地参与这些活动。这些活动在丰富教工文化生活、提高书画兴趣的同时，也为提高他们的书写水平和促进教工书画艺术创作活动创造了条件，还为书画协会形成了资源广泛、专业性强、乐于为民服务的书画志愿者队伍。依靠这支队伍，多种书画活动和公益活动得以顺利开展。

（一）开展上海教师“三笔一画”比赛活动

上海教师“三笔一画”比赛活动，如图42~45。

图42　参加第六届上海教师“三笔一画”比赛活动的领导、专家和评委合影

图43　在上海第二工业大学体育馆举行的上海教师“三笔一画”比赛活动现场

图44 “三笔一画”比赛现场的黑板报赛区

图45 “三笔一画”比赛现场的书法和中国画赛区

（二）开展教工书画志愿者培训活动

上海教工书画协会在上海市教育工会和上海慈善教育培训中心的支持下，注重教工书画队伍的培养。

上海慈善教育培训中心在上海文庙设有书画活动培训基地。文庙地区，原本就是上海市区中心地带的一个文化活动区域，在此设立基地，使教工日常书画活动有了固定的场所，给教工提供了学习、交流的机会。

利用基地，协会还举办了多期教工书画教育培训班，请来专家授课，帮助教工提升书画理论知识和业务训练的机会。书画培训活动，培养了教工书画骨干队伍，组织建立起以教工为主体的书画志愿者队伍，也为协会开展社会公益活动，书写赠送春联活动，创造了条件。（如图46~48）

图46　书画志愿者在上海文庙培训班接受培训

图47　2020年，上海教工书画协会在上海文庙组织了三个书画艺术志愿者培训班结业活动

图48　上海教工书画协会联合上海慈善教育培训中心在上海文庙培训点组织外国朋友学习书写中国春联

第五节　春联的文化地位和社会组织

2006年，国务院将楹联习俗列入第一批国家非物质文化遗产名录，这标志着楹联（春联）作为传统文化的地位——即民族文化遗产的地位被国家认可。

为了继承发展楹联（春联）这一非物质文化遗产，在国家改革开放以后，党和政府积极支持相关的社会组织的建立和开展活动。1984年，由中国文联主管的中国楹联学会成立。该组织到2018年，已在全国31个省、直辖市、自治区和1 000多个地、县、乡成立了下属分会。目前有百万名会员，其中国家级会员达15 000余人、团体会员400多个。其中有一大批楹联艺术家、楹联理论家、楹联书法家及楹联活动家。

在政府相关机构和群团组织的领导下，从中央到地方建立了多层次的书画协会组织。这些组织机构所开展的各种活动，对发展、繁荣春联文化起到了积极的作用。

图49　贺竹元国画《大寒》

后 记

本书是上海教工书画协会多年实践经验的研究成果之一。全书探讨春联习俗的起源、发展演变、本质属性和影响，分析春联文化和春联语言的特点，介绍春联书法艺术的鉴赏和春联的社会、人文等功能，是上海市教育工会重点资助的一本研究我国非物质文化遗产和民俗文化形式的读本。

本书由上海第二工业大学工会常务副主席沈晓峰担任主编，严治俊和高宏宇担任副主编。各章节撰写具体分工如下：第一、二章沈晓峰，第三、四章高宏宇，第五章严治俊。沈晓峰、严治俊、高宏宇对各章节进行修改和统稿。上海电机学院校长、上海教工书画协会理事长胡晟教授对本书的撰写提出了许多指导性的意见和建议。

在本书出版之际，非常感谢上海市教育工会、上海第二工业大学、上海市慈善教育培训中心、上海市大学书法教育协会、上海中华书画协会、崇明书法家协会等领导的无私支持和大力帮助，使协会工作的开展既扎扎实实又很有特色。

同时，我们还要感谢张伟江、周志高、孙进、瞿志豪、张信、贺竹元、范庆天、王延林、方建平、王颀、杨金明、侯林、瞿剑宛、黄福霆、徐明德、李建荣、唐超良、谢烨、葛俊生、张孜淑、马绍文、陈强、李宝坤、归水民、安介生、陈敏超、姚振裕等专家对协会热心参与和帮助，为本书增色不少。出版社编辑蔡则齐为本书出版做了大量认真、仔细的具体工作，在此一并致以真诚的谢意。

在期待本书的出版对上海教工和读者有所帮助的同时，我们也期待教工和读者提出宝贵的意见和建议，使我们今后的工作更加完善。

编　者

2021年7月1日